完美的眞空

A Perfect Vaccum

史坦尼斯勞·萊姆　Stanislaw Lem ∷ 著

王之光 ∷ 譯　鄒永珊 ∷ 插圖

目錄

【廣告別冊】駱以軍／文案　鄒永珊／插圖　邊城出版／製作

萊姆與他的「不存在之書」

編輯室

　　史坦尼斯勞・萊姆，一九二一年出生於波蘭，是廿世紀末最知名的非英語系科幻作家。他在作品中探討嚴肅的道德問題、科學的侷限、人類與宇宙的關係，有些論者因此稱他為人文主義者、哲學家和思想家。但是，他的原創性反而使他在科幻書寫中趨於邊緣；一九八三年《費城詢問報》（*Philadelphia Inquirer*）的書評人就指出，萊姆未能獲得諾貝爾文學獎的青睞，極可能是評審對科幻小說的偏見作祟。事實上，萊姆對自己早期的科幻小說有所批判，更不滿科幻類型只著墨於怪物大戰或幻想內容。他不斷擴展寫作領域，出版過的作品包括推理小說、劇本、文學批評、科學理論、未來學研究等八十多種，橫跨創作與評論、文學與科學。至今，他的作品被翻譯成超過四十種語言，海外作品出版量達兩千七百萬冊。

　　出身醫師世家、一度以行醫為志業的萊姆，幼年即聰穎過人，並嗜讀詩歌、小說、科普和解剖書籍，他的習醫之路先是為二次大戰的時局打斷（其間，猶太人的血統讓他多次遭遇納粹迫害的生死關卡），後又因抗拒國家強制徵召而放棄行醫。廿六歲那年，他進入學術機構擔任研究助理，開始廣泛涉獵科學文獻，並在工作之餘進行寫作，陸續發表詩歌、科學評論、寫實小說等作品。他把獨特的才識轉化為科幻小說，其中如《索拉力星》（*Solaris*）（1961）、*His Master's Voice*（1968）、*The Cyberiad*（1965）在海內外都獲得相當肯定。

　　一九七〇年代，萊姆不再滿足於傳統的科幻書寫，把創作企圖

4

轉向敘述形式的實驗。其中最具代表性、也充分實踐文學想像的，當屬他一系列「不存在之書」作品，包括一九七一年的《完美的真空》（*A Perfect Vaccum*），一九七三年的 *Imaginary Magnitude*，和後續出版的 *One Human Minute*。在《完美的真空》，萊姆就他想像中的十五本書直接進行評論，由其中的描述看來，有些足以作為草稿，有些根本不可能成書，有些則註定是失敗之作；在 *Imaginary Magnitude*，萊姆改以一篇篇序文描繪未來之書，其中包括細菌的創作、人工智慧文學史、未來預測大百科、超智慧電腦講演集；到了 *One Human Minute*，萊姆再次用評論文章呈現三部尚未寫成的作品，主題分別是地球上的人類在一分鐘內究竟發生多少事件，廿一世紀軍武發生的各種巨變，以及機會和偶然在宇宙間扮演的角色。這一系列「不存在之書」，明顯地承繼了波赫士（Borges）、拉伯雷（Rabelais）、綏夫特（Swift）的書寫傳統，並在語言和文本的相互指涉之間，模仿嘲諷了不同領域知識、不同的文類風格。

萊姆坦言，此系列作品出現的原因之一是「抄捷徑」：「隨著年歲漸增，我對於慢工出細活愈發失去耐性。畢竟，把靈光乍現轉換為敘述，必須非常辛苦的投入——特別是在非知性層面上。……我嘗試模仿各種文體風格：書評、講演、談話致詞等等，試著讓情節減到最低，只說必要的事件。捨棄作品的完成、轉而書寫評論，讓我更能在文學的實驗性上有所表現；若我真的費盡心力把每一部作品寫出來，也不過是一個工匠。」他認為生命有涯，創作想法卻無窮盡，此種手法不失為可行之道。

萊姆目前高齡八十多歲仍居住於波蘭，近廿年已停止小說創作。

0 自我挑剔代導言：
《完美的真空》到底是怎麼回事

萊姆 Lem / 華沙，Czytelnik出版社

完美的真空
A Perfect Vacuum

　　評論「子虛烏有」的書籍，並不是本書作者萊姆的新發明；不僅僅當代作家中就進行過這種實驗（如波赫士〔Jorge Luis Borges〕的〈赫伯特・奎恩作品研究〉〔*Investigations of the Writings of Herbert Quaine*〕，而且這種創意可以追溯到更早以前──哪怕文藝復興時代的戲謔作家拉伯雷（Rabelais）都不能算是首創者。但《完美的真空》的獨特之處在於，它完全由這種評論文章組成。這種前後呼應的結構一致性，倒底是賣弄學問還是徹頭徹尾的玩笑？恐怕作者的意圖是遊戲居多吧，看了導言，你就會知道，在這篇既冗長又富含理論的導言寫著：「小說的創作是失去創造自由的一種形式。……於是，書評是更不高尚的奴役文體。至少可以這麼說，作家奴役了自己──受制於他自己所選的主題。批評家的處境更糟，評論者囚禁於所評論的作品，就像罪犯被鎖在獨輪車上一樣。作家的自由丟失在自選的作品之中，而批評家的自由則失落在他人的作品之中。」

7

這種簡化的說法，顯然言過其實，不可當真。但（此書）導言（或稱「自我挑剔」〔"Auto-Momus"〕）的第二節一段寫道：「到目前為止，文學給了我們虛構的人物。我們更進一步地去闡述虛構的**書籍**。這裡才擁有找回創造自由的機會，同時可以把兩個勢不兩立的精神——純文學作家和批評家捏在一起。」

對所謂的「自我挑剔」，萊姆解釋道，就是自由創造精神的「二次方」（squared）；如果文本批評家深入該文本，就擁有比傳統文學（或非傳統的）敘事者更多的騰挪可能性。有人聽到這點大概就立即附議，因為文學走到今天實際上正要努力遠離創造物，就像一個長跑者在跑了一圈後適應了步伐節奏，可以更好調配速度以及新的呼吸節奏。麻煩的是，萊姆淵博的導言似乎沒完沒了。他論述了虛無的積極面，論述了數學裡的理想物體，論述了語言的新的「後設層次」（metalevels）。他口若懸河，彷彿在插科打諢。更有甚者，萊姆要用這個開場白把讀者（也許還有他自己？）引向遠方。《完美的真空》中有的假評論不是區區的軼事集。為了向作者挑戰，我要先把書中評論分成以下三組：

（一）諧擬戲仿（parodies）、拼湊（pastiches）、嘲弄（gibes）：本組包括《魯濱遜家族》，《虛無，又名後果》（兩個文本均以不同方式嘲弄「新小說」〔nouveau roman〕），也許還有《你》和《千兆網路》」。《你》這篇大概是這類之中最沒價值的，因為萊姆先發明一本**壞**書，再加以口誅筆伐，這種寫法未免有點廉價。而最符合這類形式的一篇是《虛無，又名後果》，因為顯然沒有人可能寫這樣一部小說，所以假評論的手段就可如玩雜耍般多樣了，因為這是對於不存在、而且是不可能存在的書進行評論。

8

《千兆網路》最不對我的口味。此篇評論意在於掀出作品的馬腳，不過，用**那種**玩笑來處理一部傑作對不對頭呢？也許是對頭的，只要不是自編自導就可以。

（二）初稿和大綱（而且是確實特殊的大綱）：比如說《小隊元首路易十六》，還有《白癡》和《速度問題》（*A Question of the Rate*）等篇都屬此類。誰知道呢，它們都可以成為一本像樣小說的粗胚。即使如此，好歹也該先把小說寫出來呀。先不管這些書的情節是否值得批評，它們現在這個樣子僅僅能充當佐餐冷盤，吊足我們的胃口，廚房裡卻做不出主菜。為什麼這些主菜不見了呢？也許作人身攻擊不是光明之舉，但這一次我仍要直言不諱。作者有了自己無法完整實現的創意，他寫不出來，徒喚奈何——這就是《完美的真空》的創造起源。萊姆還聰明地準確預見到會有這種指控，便決定先用導言裡的陳述自我保護。為此，他在「自我挑剔」中論及自己散文技巧的匱乏，他必須像一個工匠那樣，刪繁就簡，說明侯爵五點鐘離家。但好的技巧不是窮盡手法。萊姆在這三篇評論題目前面知難而退，我僅僅舉幾個例子而已。他寧願不去冒險，寧可迴避問題，望風而逃了。他說，「每一本書都是無數書籍的墳墓，取而代之，剝奪了它們的生命，」這便是告訴我們，他擁有的創意比生物時間更多（藝術永存，人生苦短）。問題是，《完美的真空》裡面並沒有多少意味深長、很有前途的創意。我已經談到了書裡是有幾處機敏靈光，但那些大部分都是玩笑啊。人生恐怕有更重要的問題吧，這本書恐怕無法滿足讀者的渴望。

書中最後一組作品讓我堅信我的推論沒錯：包括《不可能的生命》、《文明算作錯誤》，還有最最重要的那篇《宇宙創始新

9

論》。

　　《文明算作錯誤》這篇裡，萊姆重現了他多次在純文學作品和雜文集中闡述的重要觀點做為主旨。他在科幻小說譴責科技破壞文明，但在本書視文明為人類的救贖者。接著，萊姆在《不可能的生命》中第二次扮演變節者。我們不要被本篇一長串偶然連結、荒謬可笑的家族故事所誤導。其目的不在於這些滑稽的軼事；該文好像是對萊姆自認最最神聖的東西進行攻擊——也就是或然率的問題，機遇運氣的問題，和他那大部頭思想概念的問題，這種攻擊用丑角戲的方式進行，可能是爲了隱藏鋒芒。儘管萊姆話鋒僅是稍縱即逝，點到為止，但這到底算不算萊姆刻意諷刺自己呢？

　　《宇宙創始新論》一篇倒是一掃以上的懷疑，它是該書真正的招牌菜，就像特洛伊木馬一樣隱藏在書頁之中。假如萊姆寫的不是玩笑，不是虛構的評論，又復何物？說是玩笑或許有點沉重，畢竟本文裡承載了如此巨量的科學論證而顯得沉甸甸的。何況大家知道萊姆是專啃百科全書的，把他搖一搖，對數和方程式就抖出來了。《宇宙創始新論》是虛構的諾貝爾獎得主領獎演說，裡面提出了革命性的宇宙新模型。假如我不知道萊姆的其他書籍，就會自然推出，那東西是用來供全世界三十來個物理學家等相對論者搞笑的。不過，這種情況不大有可能。為什麼呢？我再度猜想這其中含有什麼作者的創意，他突發奇想，卻欲言又止。他當然永遠不會認帳的，不管是我，還是任何別人，都無法向他證明，他的宇宙博弈模型真有何嚴肅意義。他總是可以拿滑稽的語境作爲藉口的，並且以書名爲證——《完美的真空》就是「關於虛無」的書。另外，萊姆若真要推托，最後的遁詞就是那句引喻創作自由的拉丁話「詩歌破

10

格」（licentia poetica）了。

　　儘管如此，我認爲，這些文本的背後，還是隱藏著一定的莊重。宇宙是一場博弈？是「意念物理學」（Intentional Physics）？萊姆崇尚科學，曾經拜伏在神聖的科學方法論跟前，不可能充當旁門左道的異端急先鋒的角色。爲此，他無法把這種思想真正用論述闡明。他要是真想讓「宇宙博弈」的創意成爲故事情節的樞軸，他就得再寫一本世面上已充斥的「正常科幻」作品了。

　　還有什麼沒說呢？如果這是一個明辨清醒的心靈，那他不會開口再說了。作家沒寫的書、作家無論如何肯定永遠不會動手的書，卻可以假託給虛構作者的，由於書不存在，這難道不特別地像一種沉默嗎？對於左道旁門敬而遠之，還不夠讓自己安全嗎？至於去斷言這些書、這些學說屬於他人，其實說了也等於沒說——尤其是這件事發生在玩笑的情形之下時。

　　於是，《完美的真空》應運而生了，它來自長年對於現實主義養分的暗自渴望，來自對於個人觀點過於大膽而不能公開張揚的概念，來自朝思暮想且落空的所有美夢。萊姆在理論性濃厚的導言裡，竟公然提出了「文學新類型」。這是聲東擊西的設計，是魔術師故意使就的障眼法，希望我們不要注意他的實際動作。我們必須去相信，這是聰明靈巧的壯舉，而實際正好相反。不是「假評論」的戲法產生了這些作品，而是作品徒勞無功地要求被表達出來，戲法只是作爲遁詞和藉口。若是沒有戲法，一切就會流於無言的領域。在這裡我們爲了紮實的現實主義而背叛了幻想，叛逃於經驗主義，還有科學的異端邪說。萊姆真的認爲，他的圖謀不會被看穿？事情再簡單不過了，他在談笑間吆喝出了人們認真時連耳語都不敢

表達的東西。與本書導言所說的正相反，批評家不必「像罪犯被鎖於獨輪車一樣」束縛於該書，批評家的自由不在於拔高或詆毀該書，而在於此處，他可以透過本書，就像用顯微鏡一樣觀察作者；如此，《完美的真空》成了一部關於可望而不可遇的事物的故事。它是關於願望落空的書。難以捉摸的萊姆仍然可以利用、予以反擊的唯一藉口將是：宣稱寫作本評論的人不是我這位評論家，而是作者本人，並把它添加在《完美的真空》裡面，使其成爲不可分割的一部分。

1

挤死啦！
《魯濱遜家族》的荒島煩惱

馬塞爾‧科斯卡特 Marcel Coscat / 巴黎，門檻出版社（Editions du Seuil）

魯濱遜家族
Les Robinsonades

　　繼笛福（Daniel Defoe）的名著《魯濱遜漂流記》之後，又有了《海角一樂園》（*The Swiss Family Robinson*）──一本供兒童閱讀的「簡明版」，接著還有一大堆更小兒科的荒島度日故事。幾年以前，巴黎奧林匹亞出版社也跟上潮流，出版了《魯濱遜‧克盧梭的性生活》，此乃破爛的貨色，作者不值一提──因為它根本是出版商自導自寫的筆名罷了，作者只是供寫作來源藏身的遮羞布（該出版商向來愛找辛苦的「槍手」捉刀，這麼做的目的不言可喻。）不過，馬塞爾‧科斯卡特的《魯濱遜家族》倒不失為百年一見的佳作。它講的是魯濱遜式的社會生活、社會福利事業和他那艱鉅的、熙來攘往的生存方式，堪稱為孤居生活的社會學──一個初無人煙、到了小說結尾卻人滿為患的島嶼上的大眾文化。

　　讀者很快地就會發現，科斯卡特先生的魯濱遜不是抄襲之作，也不是商業性炒作。荒島之聳人聽聞和色情的一面，他未著一筆；他也未把這位海難者的淫興，引導向長有毛茸茸椰果的椰樹，引伸

15

至魚類、山羊、斧頭、蘑菇，甚或破船裡打撈出來的豬肉上。彷彿是有意與奧林匹亞出版社的那本爛書過不去，這裡的魯濱遜，不再是那位發情的漢子，不再像一隻陰莖勃起的獨角獸那樣，蹂躪著灌木、甘蔗叢和竹林，輕薄著沙灘和山峰，強姦著海灣裡的浪潮、海鷗的尖叫、信天翁那高貴的身影和被風暴沖上海灘的鯊魚。渴求這一類情節的讀者，在本書裡將找不到能想入非非的意淫食糧。科斯卡特筆下的魯濱遜，是一個純粹的邏輯學家，一個恪守禮俗的人，一位將自己學說的結論推到極致的哲人；船難（有一艘名叫「派特里夏」的三桅帆船）對他來說，僅是開啟了大門、切斷了關係、他的「人性實驗室」準備試驗，因為他借此深入證明自己的存在，看看能否到達不受「他者」在場的污染境界。

　　小說主人翁塞爾吉斯審時度勢，不但沒有逆來順受，反倒決心當一名真正的魯濱遜，第一步，他決定主動頂起這個名字，這倒也合理，因為從自己的過去，和迄今為止的人生裡，他再也不能從塞爾吉斯撈到什麼好處了。

　　這位海難者的一生，可謂堆砌著艱辛與沉浮，已經夠倒楣了，不必再翻耙記憶，緬懷舊情，追念失去的東西只會徒增自己的苦楚。這片世界就和發現時的一樣新，他得把它弄好，還得弄得像文明的式樣；於是，這位「前塞爾吉斯」，便決心從頭塑造島嶼和自己——一切就從零開始！科斯卡特先生筆下的新魯濱遜是不抱幻想的；他知道，笛福的魯濱遜是虛構的，其生活中的原型——那位名叫賽爾科克的水手，多年後被一隻雙桅船發現時，已經徹底淪為獸類，連話都不會說了。笛福的魯濱遜之自救，並不是靠「禮拜五」，「禮拜五」來得太晚了，他的兢兢業業全憑上帝本人的陪

伴；這也許有點嚴峻，但對一個清教徒，這卻是最好的出路。正由於這位「夥伴」的高壓，他才迂腐地規矩做人，頑強地勤勉做事，省察良心，刻意地自我節制，但這一點則激惱了巴黎奧林匹亞出版社的那名「槍手」，於是低下淫蕩的牛角，朝笛福的禁慾情節迎頭撞去。

塞爾吉斯這位新魯濱遜，雖然感到自己身上有股創造的力量，可他事先就明白，有種東西他絕對不去創造：上帝。這位至高者肯定是他力有未逮的。他是一個理性主義者，便以理性著手自己的任務。他希望面面俱到，於是先從這個問題開始：眼下最最合理的舉動是不是徹底無為？毫無疑問，這只會讓人發瘋，可誰又知道，瘋狂不是適宜的狀況？呸，要是能挑選瘋病的種類就好了，比如給襯衫選配領帶癖啦；輕燥狂發作症，則是魯濱遜很想犯一犯的，這樣就可以天天瘋瘋癲癲兒了；但他如何保證這些瘋病將不演變成抑鬱症，最終又導致自殺的企圖呢？這主意不成，從美學考慮更是不宜；況且被動受制於精神病也不是他的性格。要上吊或投海，現在時間多的是，因此他權且把這類想法先束之高閣。

夢中的世界——在小說開頭幾頁裡他自言自語說——倒是盡善盡美的烏有鄉；它是一個烏托邦，但不夠清晰、略有血肉、浸沒於心靈的夜行裡，那心靈當時（夜間）無法符合現實的要求。「在我的睡夢中，」魯濱遜說，「常有各式各樣的人來拜訪我，他們向我提問題，可我不知怎麼回答，得等答案吐出他們的唇吻。這莫非代表這些人是我身上解下脫落的碎片，莫非是我肚臍的延伸？這麼說是要鑄成大錯的。那些讓我食慾大開的蟎蟥，那些甘肥的白色小蟲子啊，我的大腳丫子小心翼翼地探來探去，但在這塊石板的下面會

不會發現它們，我是不知道的，同樣，那些乘夢而來的人，他們心裡隱藏些什麼，我也不清楚。所以說，就與我的關係來說，這些人和蟎蟲一樣，都是外在於我的。這樣想絕不是要抹去夢境和現實的分界——那是一條瘋狂之路！——而是要創造一種更好的新秩序。夢裡只是偶然成就的東西，結果好壞紛雜，混亂無形，搖擺不定，機緣湊巧，必須將它們整頓、緊固、連綴在一起，變得穩妥可靠；一個夢一旦錨定在現實裡，把它**當成一種方法**帶進現實的日光下，並為服務現實，給現實添丁加口，用最精緻的物品來充實現實，那就不再是夢了，現實也將因這劑妙藥的功用，清晰如昔，但外形卻異乎往常。由於我是一人獨處，故無須考慮別人；又由於我知道『自己獨處』對我是一服毒藥，因此我不是獨處。我調遣不了上帝，這是實情，但這並不意味著我不能調遣任何人！」

這位邏輯至上的魯濱遜還說：「人沒了『他者』，就像魚兒離開了水，但也正如世間的水大多渾濁不堪，我的媒介也是一堆垃圾。我的親戚、父母、上級、老師，不是我自己選的；甚至我的情人們也是如此，因為她們和我是偶然相遇的：檢視平生，我『取』的（如果能說我曾『取』）過的話），只是機緣所『予』的。假如說我也像別的凡人那樣，過去是注定於出生、家庭和朋友的巧合，那現在也沒有什麼好哀歎的。所以，讓聖經《創世記》的開篇之聲迴盪盪起來吧：遠離這喧囂的紅塵！」

我們看到，他這話，的確有造物主的氣派：「要有光……」。因為事實上，魯濱遜確實是準備從零開始給自己造一個世界，現在來看，他白手起家從事創世的偉業，不僅是由於這一場不虞之災令他擺脫了塵囂，更是因為他本意在此。所以，科斯卡特筆下的這位

在邏輯上堪稱完美的主人公，便勾畫出了一幅藍圖，一幅不久之後將毀掉他、嘲笑他的藍圖。事情可以這麼辦嗎，就像人類世界對它的造物主曾做過的，現在再來一遍。

魯濱遜不知道從哪兒下手。該不該讓一幫理想的造物來環伺自己呢？天使怎麼樣？飛馬又如何？（有一陣，他頗想造一隻肯陶洛斯半人馬）但拋棄了幻想後，他明白，老想這幫十全十美的造物，胃口要吃不消。因此，他先自己添了一名以前到現在只能在夢中求見的人：一個集皇僕、司衣、司閽、司膳於一身的傢伙——而且是個胖子（苦瘦臉兒可要不得！）斯尼賓斯（Snibbins）。初次造人，我們這位學徒期的造物者，倒也考慮過民主，但他先前領教民主只是「事非得已」，他肯定別人也是如此。還是孩提時，在入睡之前，他就總是幻想著：要能托生成中世紀的大領主，那該多美。現在，幻想終於成真了。斯尼賓斯蠢得恰到好處，這樣不費吹灰之力就拔擢了他的主人；他腦子從來不會出現創見，因此也根本不會預先通知；只消眨眼的工夫，他就樣樣辦妥了——甚至主人還沒有來得及吩咐他。

這些活兒，魯濱遜是否替斯尼賓斯做過、又是怎麼做的，作者根本沒有解釋，因為故事是用第一人稱（以魯濱遜的口吻）寫的；然而，即使魯濱遜暗中做了每件事（還有可能是別人做的嗎？），後來又派交給了僕人，他當時也是全無意識，所以留在眼前的，也就只看見這些努力的結果。一大早，魯濱遜剛把睡意從眼上揉掉，一份他最愛吃的、精心烹製的小牡蠣就擺在了床邊（由於加過海水，因此略帶鹹意，滴上紅褐色酸草的酸橙味，味道好極了），軟軟的蟶蛑，像黃油那樣白，堆在雅緻的石盤子裡，算是一道開胃

菜；再看一看左近，用椰子纖維擦過的皮鞋，明鑑照人，他的衣服全擺好了，一律用曬燙的石頭壓熨過，褲子筆挺挺的，一朵鮮花插在上衣的翻領處。可就是這樣，主人進膳更衣時，也不免要抱怨兩句。午餐要吃烤燕鷗，晚飯得喝椰子汁，千萬要冰過的。斯尼賓斯既是稱職的司膳，大氣不出地恭領鈞旨，自然不在話下。

主人嘮叨，僕役就聽令；主人發號施令，僕役恭敬如儀。多美的生活，寧靜無瀾，簡直像鄉間假日。魯濱遜常去散步，遇到會心喜歡的鵝卵石便裝進口袋，甚至為此建了收藏室；而此時的斯尼賓斯，則在準備著膳食——自己卻一點不吃：多輕鬆的預算，多便利的買賣！但漸漸地，主僕關係出現了一絲裂痕。有斯尼賓斯這麼個人，這絕沒有問題：懷疑這一點，就像是懷疑沒人看見時樹木就不存在，雲彩就不飄。可這廝老這麼一本正經、循規蹈矩、哼哼哈哈的，日子久了也真叫人煩。**鞋總是**明亮照人地候著魯濱遜，牡**蠣**也是一早在他的硬板床邊散著香氣；若平時斯尼賓斯矯舌不言——倒也不壞，但這僕人不時「如果」啦、「而且」啦、「但是」啦起來，主子反倒受不了——可要是這麼著，就顯然不能說島上有斯尼賓斯**這麼個人**。魯濱遜決得添點什麼，好讓處境——現在也太原始了，太樸素了——變得優雅一些。讓斯尼賓斯懶惰、強頭、生點小壞心，可這又辦不到：他就是這麼個人！他的生存作風，已是根深蒂固了的。因此，魯濱遜便雇了一個小廝、一個下手：就像個打工仔。這是個邋遢但模樣很俊的淘氣包，腳底像是抹了油，帶點痞氣，可機靈得很，滿肚子詭計，現在，忙不開交的是僕人，而不是主子了；但不是忙於伺候主子，而是忙於掩蓋這個小混蛋整出的各種好事，免得主人看到。結果，由於整天忙著痛打打工仔，斯

尼賓斯較諸以前便愈發地少露面；海風吹來了斯尼賓斯的打罵聲，魯濱遜時而在無意中聽到（斯尼賓斯的尖叫煞似大海鷗的叫聲），但他不想介入僕人間的吵鬧！怎麼著？打工仔要把斯尼賓斯從主人那兒拖走？那他得滾蛋——於是叫他抄鋪蓋走人了，在風裡化成了碎片。這廝甚至還自作主張地去吃牡蠣！主人很想忘掉這個小小的插曲，可斯尼賓斯辦不到，雖然他試過；他活兒也幹得糟了，罵也沒用，僕人還是一言不發，沉默者城府深，他現在顯然開始有想法了。主子懶得去拷問一個僕人，叫他坦白——難道我是他的懺悔牧師？！事事不順，叱責沒效果——那好，你這個老蠢貨，也從我眼前拿開吧！這是三個月的工錢，滾蛋吧！

像天下所有傲慢的主人那樣，魯濱遜費了一整天的工夫，才攢起個木筏來，完成了這艘名為「帕特里夏」的船甲板，這艘破船爬在一塊暗礁上：那些錢，幸好沒有被海浪捲去。帳扯平了，斯尼賓斯不見了——只是他留下了數過的錢。魯濱遜受了僕人如此羞辱，簡直不知如何是好。他覺得自己犯了錯誤，雖然這念頭只是出於直覺。到底是哪兒出了問題？！

在這兒我是主人，我可以做任何事！為了給自己打氣，他立即對自己這樣說，並著手於另一個女子溫迪梅（Wendy Mae）了。我們猜，她是由男子漢「禮拜五」的典型引申出來的。可這個單純的妙齡姑娘，也許會誘惑主人落入魔道的。他也許會輕易覆滅於她那美妙（因為不可企及）的懷抱中，淫興一上來，他也許就迷了本性，她那蒼白而神秘的微笑，她那轉瞬即逝的側影，她那因篝火的灰塵而稍帶苦澀、散發著烤羊的油膩香味的小光腳，或許叫他發瘋。所以，從一開始，他就靈機一動，他給溫迪梅⋯⋯造了三條腿。在尋

21

常的、客觀而陳腐的現實中，他是做不到這點的！但在這兒，他可是造物主啊。他就像藏了一桶甲醇，雖然酒有毒，卻引誘他總想上喝幾口快活一下，為了防自己受害，就拿塞子塞死了桶子，他的生活中伴隨著一場誘惑，卻絕不能沉溺於此；但與此同時，他還得戰戰兢兢，免得淫欲一動會拔掉那密封塞子。所以從現在開始，魯濱遜就要和這位三腿姑娘耳鬢廝磨朝夕相處了，當然，假想一個沒有中間那條腿的溫迪梅，總還能辦到，可也僅限於此。他的感情未經拋灑，柔腸不曾揮霍（何必浪費在這麼個人身上？），所以充沛的很。在他心裡，小溫迪梅是和星期三與結婚日連在一起的（註：星期三，即Mitt-woch，一周之中間，顯然是兩性的象徵；但也許可以這樣解釋：Wendy溫迪－Wench少女－Window窗戶），同時還可聯想到窮孤兒（有句話說「星期三的孩子飽嘗辛酸」），因此溫迪梅成了他有如但丁美化的理想女子典型——貝德麗采。而這個十四歲的黃毛丫頭，哪懂得但丁地獄裡的慾火抽動？魯濱遜確實很得意自己的手筆。他的確造了她，但也借此——她的三條腿——把她與自己隔開了。但是不久後，整個事情開始分崩離析了。由於專注於某樁堪稱重要的問題，溫迪梅其他的許多重要方面，就被魯濱遜忽略了！

　　這事開始本來是很無辜的。他有時候總想偷窺一下這個小東西，但由於自尊心而抵禦了這衝動。可過了不久，各種想法在他腦子裡紛至沓來。這個丫頭接手了斯尼賓斯以前做的所有工作。撬牡蠣？倒還沒什麼問題；可掌管他的衣服、甚至褻衣呢？讀者可以看出，這就有一絲曖昧——不——這就太明明白白了！所以，每到死寂的深夜，當她肯定還在酣睡時，他便偷偷地起身，到海灣裡

洗他那些不登大雅之堂的貨色。但既然這麼早起，幹嗎不把她的東西也洗了，且算個樂子（自然是老爺我獨樂了），哪怕只幹一回？難道衣服不是我給她的？他冒著被鯊魚吃掉的危險，好幾次孤身闖進「帕特里夏」的船艙，翻出一堆女人的豔服、睡衣、圍裙、襯裙、內褲。好吧，既然把衣物洗了，是不是還得在椰樹之間扯根繩子，把它們統統掛起來？這就有點玄了！尤其危險的是，斯尼賓斯作為僕人固然已經不在島上了，可並沒有銷聲匿跡。魯濱遜幾乎能聽到他那粗重的呼吸，能猜到他在想什麼：開開恩啦，老爺，您以前可從沒給**我**洗過東西呀！斯尼賓斯還在的時候，他斷不敢這樣放肆地含沙射影，可消失以後，反倒是口無遮攔了！斯尼賓斯走了，這倒是不假；但他的陰魂不散，感覺得到他不在的樣子。的確，在哪兒都看不到他，即使當差時，他也是保持低姿態，不敢礙主人的手腳，也不敢拋頭露面。可是現在呢，斯尼賓斯卻出沒無常：他那諂媚的、呆楞楞的病態目光，他那尖啞的聲音，又統統回來了；過去他和打工仔之間的叫罵，乘著小海鷗的尖叫聲洶湧而至；在豐腴的椰子堆裡，如今他露出了毛茸茸的胸（不要臉，是想指桑罵槐不成？！），他把身子貼在那曲線優美的、被剝去皮的椰子樹的樹幹上，他像一個水下冒出來的溺死鬼，瞪著一雙魚眼（鼓鼓的！）死死地盯著魯濱遜。在哪兒？在那兒，往那邊看，看到那塊岩石了嗎，在那個小岬上——斯尼賓斯就是再不濟，人家也還有一點小小的業餘愛好：當年，他就愛坐在海角上，扯開破鑼嗓子，臭罵那些年老體衰的鯨魚，它們在自己的家中，在靠近陸地的海水裡，安詳地吐著水柱。

溫迪梅與這位嚴酷、成熟、陽剛氣十足的主人之間的關係，早

已經亂了章法，要是能和她達成諒解，使他們的關係變得更穩定、更條理，更合尊卑之序，那就太好了！無奈，姑娘的頭腦簡單至極；她從沒聽說過斯尼賓斯；和她講話，簡直像對著一堵牆說。即使腦子裡有過自己的想法，她肯定也不會吐出一個字。乍看起來，這似乎是出於單純和膽怯（她畢竟是個僕人！），但實際上，這副「清純無邪」相卻也有骨子裡的狡詐：主人的冷淡、沉穩、克制和高高在上到底是為什麼——不，應該說在抵禦什麼，她知道得一清二楚！更有甚者，她總是好幾個小時不見人影，只到黃昏才出現。莫非這是打工仔？因為這不可能是斯尼賓斯呀——這一點絕沒有問題！斯尼賓斯已不在島上了，這是鐵定的！

天真的讀者（唉，這種讀者何其多！）現在也許會得出結論：魯濱遜出現了幻覺，他在一步步滑向瘋狂。但完全不是這碼事！即使他是囚徒，他也只是自己創造物的囚徒。因為那句將對他施加影響的話，他是不會激進地、治病救人式地對自己說：斯尼賓斯根本就不存在，打工仔也一樣。首先，這一聲否定一旦公然出口，它所捲起的毀滅之潮，將撕滅一個無助的受害者：如今還存在著的溫迪梅。其次，一旦做出這種解釋，作為造物主的魯濱遜，也就徹底並永遠地癱瘓了。因此，無論發生什麼事，他也不能承認自己的作品是虛空，正如真正的造物主不能承認他的造物是創造了人間的怨恨。一旦這麼承認了，對上帝與他來說都意味著一敗塗地。上帝不曾創造罪惡；與此相仿，魯濱遜也沒有在空洞中白忙乎。看起來，他們兩者都做了自己神話的俘虜。

所以，在斯尼賓斯面前，魯濱遜簡直沒有還手之力。斯尼賓斯還存在，可扔石頭、耍棒子又搆不著，趁黑夜將溫迪梅綁在樹椿

24

上，權當自己的誘餌（魯濱遜已經用過這辦法了！），是徒勞無益的。遣散的僕人無處存身，所以無處不在。可憐的魯濱遜，原本想避開一些劣質的傢伙，希望候在自己身邊的，是一些上選的人役，可如今卻自汙其巢，因為他把斯尼賓斯撒遍了全島。

我們的主人公忍受著入地獄的痛苦。夜間與溫迪梅的口角，小說的描述特別精彩，這些對話與交談，間插以她那沉鬱的、陰柔的、泛著挑逗氣息的沉默，很能切中氣氛要害；在談話中，魯濱遜把鎮定與克制通通扔到了天邊的爪哇國。他的老爺氣派一落千丈；他簡直成了她的奴隸，受制於她的一顰一笑。透過漆黑的夜色，他覺察出姑娘淺淺的微笑；然而，大汗淋漓、精疲力竭的他，在硬板床上輾轉反側去面對著晨曦時，腦子裡湧起一些狂蕩的念頭；他開始設想還能對溫迪梅做些什麼……某種天堂裡的東西？從這裡——從他對此事的反覆斟酌中——我們透過那些羽毛披肩蛇圍脖，看到了一些對《聖經》中蛇的暗示（另註：servant僕人－serpent蛇），並看到他試圖顛倒字母的次序來肢解鳥類，以獲得亞當的肋骨，這就是夏娃（另註：Aves鳥類－Eva夏娃）。而魯濱遜，自然就是她的亞當。可他清楚，儘管斯尼賓斯這條走狗當差時，他對這廝的個人事沒有一點興趣，但如果現在擺脫不了他，則除掉溫迪梅的任何計劃，都注定是災難。不管她以什麼形式存在，都比與她訣別的好：這一點很清楚。

接下來，就是一個墮落的故事了。晚上洗滌那些毛茸茸的衣服和俗豔衣飾，成了一種聖儀。半夜醒來，他總要熱切地諦聽她的呼吸。同時他又明白，他現在起碼還能克制住自己不下床，不把手往那個方向伸——但假如他趕走這小禍害，那可就全完了！在第一道

曙光裡，她那狠搓過的、曬得發白的內衣褲（瞧瞧上面那些洞洞的位置！），隨著海風輕浮地掀動；失戀者特有的、種種庸俗不堪的痛楚，魯濱遜現在算是領略到了。她那破鏡子，她那小梳子……魯濱遜開始逃離他的穴居，不再蔑視斯尼賓斯虐待死氣沉沉的老鯨魚們的暗礁了。不過，事情不能老是這樣下去呀，於是，由它們變吧。他來到了那裡，急匆匆奔向海灘，等待一個風暴（很可能也是他隨便發明的）把跨越大西洋的輪船「女像柱」號的巨大白色船身沖上燙腳的灰濛濛沙灘，那裡布滿了等死的鸚鵡螺發出的微光。不過，某些鸚鵡螺裡面藏有髮夾，另一些黏糊糊地呱答吐出濕淋淋的「駱駝牌」煙蒂——掉在魯濱遜的腳邊，那又意味著什麼？難道這種跡象不是明確表明，甚至沙灘、沙石、顫巍巍的海水，海水表面滑回到大海裡的一層層的泡沫，也不再屬於物質世界？不管這屬不屬實，海灘上開始的那場戲，「女像柱」號殘體在巨響中被暗礁劈開，把它難以置信的內容濺灑在手舞足蹈的魯濱遜面前，那場戲當然是真真切切的，那分明是感情得不到回報的嗚咽。……

　　必須坦白地說，從此處開始，該書越來越難讀懂了，讀者要花不小的工夫。此前精確的情節發展線索糾纏起來，現在都折返原處了。作者會不會故意去用不和諧音來攪亂小說的雄辯呢？溫迪梅生下一雙酒吧高腳凳幹什麼呢？我們假定，它們（這兩張凳子）長三條腿是簡單的家庭特點——這個清楚，很好；但這些高腳凳的父親又是誰？我們是不是面臨著家具因聖神受孕？？先前只會唾棄鯨魚的斯尼賓斯，為什麼卻成了鯨魚的景仰者，直至要求變形為鯨魚（魯濱遜對溫迪梅講到他，「他要成為鯨魚」）？更有甚者，第二卷開頭，魯濱遜有了三、五個孩子。他有幾個孩子都不清楚，

這我們可以理解。這是已經錯綜複雜的幻覺世界的特點之一嘛：創世者不再能夠同時靠記憶整理出創造世界的全部細節。好吧。但魯濱遜跟誰生的孩子？他是純粹憑意志創造了他們，就像先前創造斯尼賓斯、溫迪梅、打工仔？抑或靠間接想像的行為生他們的，也就是與女人生的？第二卷隻字未提溫迪梅的第三條腿呀。這會不會是某種反創世的刪除？第八章裡，我們的猜疑似乎為「女像柱」號船上公貓的一段對話所證實了，公貓對魯濱遜說，「唬弄你一定很好玩。」但因為魯濱遜並沒有在船上發現貓，也沒有以任何方式創造它，而那動物是斯尼賓斯家的那個阿姨杜撰的（斯尼賓斯的妻子叫那個阿姨是「北極產婆」），所以很不幸，溫迪梅除了凳子還有沒有孩子，就不得而知了。溫迪梅不承認有孩子，至少她在吃醋鬧劇中沒有回答魯濱遜的問題，在那期間，可憐的魔鬼居然用椰子纖維為自己編織了一個絞索。

在這場鬧劇中，主人公反諷地自稱「卡克（Cock）・魯濱遜」，隨後改稱「馬克（Mock）・魯濱遜」。我們該如何理解這一點呢？是溫迪梅在「殺害」他？還是他認為他所做（所創造）的一切是贗品？而且，魯濱遜為什麼說，儘管他不像溫迪梅那樣長著三條腿，在這方面他還是跟她大同小異？這多少有做出某種解釋的餘地，但第一卷收尾處的話語，第二卷並沒有解剖學或者藝術上的呼應。另外，北極阿姨的故事似乎沒有什麼趣味可言，伴隨她變形的兒童合唱索然無味：「我們這裡有三、四個半老煎蛋。」再說，「煎蛋」（Fried Eggs）是溫迪梅的舅舅（難不成是星期五〔Friday〕？）；第三章魚兒就咕嚕到這位老兄，還有我們看到幾次暗指到腿（通過腳掌帶），但不知道是誰的腿。

越是深入第二卷，就越是令人困惑。在下半卷，魯濱遜不再直接同溫迪梅說話：最後的溝通行為是一封信，是她晚間在山洞壁爐的灰燼中，憑感覺寫給魯濱遜的，他會在破曉的時候閱讀——但他在讀之前就發抖了，手指在黑暗中摸過冰冷的炭灰時能夠猜到它的寓意。……「別理我！」她寫道，而他不敢回信，夾著尾巴逃走了。去幹什麼呢？去組織「鸚鵡螺小姐的走街儀式」，用棍子打棕櫚樹，肆意漫罵，在沙灘大道上吆喝自己要把海島捆綁在鯨魚尾巴上的計劃！接著，有天早晨，那魯濱遜即興信手拈來，抓到什麼就在什麼上寫下姓名、綽號，一群群生命應運而生。此後，彷彿迎引起了徹底的混沌，比如，拼湊木筏和撕裂木筏的場景，為溫迪梅蓋房拆房的場景，大腿變細而雙臂變粗的場景，沒有甜菜而作罷的飲宴，期間主人公無法分辨打腫的眼睛和豌豆，無法分辨鮮血和甜菜湯！

所有這些還不算尾聲的段落還有將近一百七十頁！這就給人要嘛魯濱遜放棄原定計劃、要嘛作者本人在寫書時已迷途的印象。儒勒·耐法斯特在《費加洛文學》（*Figaro Littéraire*）中說，該作品「純屬科學診斷」。塞爾吉斯儘管有人類行為學上的「創世」計劃，卻**無法避免**瘋狂。任何真正一以貫之的唯我創世，結果必定是精神分裂。本書試圖說明這一常理。為此，耐法斯特認為，儘管它頗有趣味之處，但在智力上毫無建樹，因為作者喜歡創造。

相反，阿納托爾·福什在《新批評》（*La Nouvelle Critique*）中反對《費加洛文學》的判定，他說（依我們看這個觀點十分中肯），暫且不論《魯濱遜家族》鼓噪了什麼，耐法斯特沒有資格充當心理分析家（此後有關於唯我主義和精神分裂缺乏聯繫的長篇

大論，鑒於此問題與本書完全無關，此點請有興趣的讀者參閱《新批評》）。福什是這樣闡述該小說的哲學理念的：作品表明創世行為是不對稱的，因為實際上在思想上可以創造一切，但此後不是所有東西（幾乎沒有東西）都可以抹去。抹去創世者的記憶是不可能的，記憶是不受意志支配的。福什說，該小說與（荒島特定瘋狂形式的）診斷病史毫無共同之處，而是例證了創世反常原理。魯濱遜（第二卷中的）行動僅僅因為他本人一無所獲才沒有意義，但心理上卻容易解釋。陷於未能全部料到的情形的人，正容易有這種擺動不安的特點；這情形依其本身的定律而固化，從而俘虜了他。福什強調說，真實的情形在現實中可以逃避，而想像的情形是沒有出口的。所以，《魯濱遜家族》只是表明，真實世界對於人是不可或缺的（「真實的外部世界就是真實的內心世界」）。科斯卡特先生筆下的魯濱遜一點也不瘋狂，只不過他在荒無人煙的海島上自顧自建立人造宇宙的計劃，從一開始就注定要失敗。

　　鑒於這些結論，福什便否認《魯濱遜家族》具有任何潛在的價值，因為作品這樣解釋之後，實在是顯得乏善可陳了。在本評論家看來，這裡提到的兩位批評家都不著邊際，他們沒有讀懂書中的內容。

　　依我們看，作者提出的觀念，遠沒有荒島瘋狂史或者反對唯我主義萬能創世論那麼平庸。（反正後一種論斷很荒唐，因為正式的哲學裡並沒有人宣揚過唯我主義承認萬能創世的概念；而個人實事求是，在哲學裡奮戰大風車的百分比極低。）

　　我們認為，魯濱遜「發瘋」時的所作所為不是精神錯亂，也不是某種論斷愚蠢。小說主人公的原本意圖是清醒理性的。他知道每

個人的侷限是他者；由此他倉促得出的觀念是，消滅他者給自我提供了無限的自由，這是心理上的錯誤，對應於物理上的錯誤，即好像讓我們認為既然容器的外形會給「水」賦予形狀，所以打破所有容器就能給水「絕對自由」的這種錯誤。不過，正如水去掉容器就流淌成水坑一樣，與世隔絕的人也會爆炸，這種爆炸的形式會徹底去掉文化。如果沒有上帝，而且沒有他者，沒有他者回歸的希望，人就必須拯救自己，建立某種信念系統，該系統對於創造它的人來說，必須是外在的。科斯卡特先生的魯濱遜理解這個簡單的戒律。

況且，對於普通人，最被渴望、同時最想完全現實的人，就是**遙**不可及的人。人人知道英國女王，知道她的公主妹妹，知道美國總統的前妻，知道著名的電影明星；也就是說，正常人一刻也不會懷疑這種人的實際存在，哪怕他不能直接（憑觸覺）證實其存在。同樣，有幸直接認識這種人的人，不會再把他們看作財富、女人味、權力、美貌等等的傑出典範，因為接觸他們時，通過日常事物體會到他們普普通通，平平常常，賦有人的不完美。這些人湊近一看，一點也不像神靈，也沒有什麼非凡之處。真正十全十美的完人，因而受到無限渴望，無限景仰的人，肯定**遙遠**而不可及。正是高高在上，才給了他們磁鐵般的魅力；不是身體或靈魂的品質，而是不可逾越的社會距離，才造成了誘人的光環。

於是乎，魯濱遜試圖在荒島上複製這一現實世界的特點，範圍不超過自己創造的人。但他立刻出錯了，因為他在**物質**上真的背對創世的成果，斯尼賓斯們、打工仔們等等，那個距離在主僕之間十分正常，但當他得到一個女人，就非常想加以破除。斯尼賓斯他無法摟在懷裡，他也不想摟；現在有了女人，可他摟不到了。問題並

30

不在於（這不是智力問題！），他無法擁抱不在那裡的女人。他本來就無法擁抱的！問題是在心靈上創造一個本身的自然法則永遠會妨礙愛慾的接觸——同時他又必須完全不顧姑娘的**不存在**。這個法則要管束魯濱遜，而不管束女伴不存在這個赤裸裸的事實！因為乾脆認識她的不存在，就等於毀滅一切。

魯濱遜知道了什麼勢在必行，便動了手，也就是在荒島上建立一整個假想社會。正是這東西夾在他和姑娘之間，它會生發出一個障礙系統，來提供那無法逾越的距離，以便他能夠愛她，持續不斷地渴望她，而不再暴露於任何世俗情景，比如伸手摸她身體的衝動。他認識到——必須這樣——假如他在針對自己的鬥爭中哪怕屈服一次，假如他試圖觸摸她，他所創造的整個世界會瞬間土崩瓦解。這就是他開始「發瘋」的原因，他手忙腳亂，從想像的帽子裡掏出大批人——在沙灘上杜撰寫下了所有那些名字、外號、謔名，口若懸河地談論斯尼賓斯妻子們、北極阿姨們、「老煎蛋們」等等，不一而足。由於這幫人**僅僅**是不可逾越的空間（介於他和她之間）才為他所必需，他創造時漫不經心，馬馬虎虎的，一片混沌；他倉促行事，這種倉促給所創造的東西帶來了羞辱，令它的支離破碎、它的缺乏思想、它的廉價曝露無遺。

要是他成功了，就會成為永恆的情人，一位但丁、唐吉訶德、少年維特，這樣就可以如願以償了。溫迪梅——不是顯而易見嗎？——就會成為像貝德麗采、夏綠蒂，像任何女王、公主一樣地真實了。完全真實的她，同時也是遙不可及，這樣他就可以活生生地夢見她，來自現實的男人思念自己的夢境，與現實引誘現實的情形有天壤之別，恰恰是因為現實無法企及。只有在這種情況下，才仍然

31

有可能懷有希望，因為現在只有社會距離，或者類似的障礙，才會排除愛情實至名歸的機會。因此，只有她為他同時同刻得到**現實性**與**不可接近性**，魯濱遜與溫迪梅的關係才能實現正常化。

於是，科斯卡特為倒楣情侶終成眷屬的經典故事套上了終身分離勢在必行的本體論故事，這就是靈魂誓言的唯一永久保證了。魯濱遜（而不是作者，顯而易見！）理解「第三條腿」的錯誤愚不可及，在第二卷中他將它悄悄「遺忘」了。冰山公主把自己的世界掌控於心，變成個不可觸摸的情人——這就是他希望溫迪梅所成就的，淳樸的丫頭同他一道啟蒙的同一個溫迪梅，也是同個替換粗笨的斯尼賓斯的女僕。……他的敗筆恰恰在此處。你們現在知道了嗎，猜出為什麼了嗎？答案再簡單不過了：因為溫迪梅跟女王不一樣，她**了解**魯濱遜，鍾情於他。她並不希冀成為純潔的女神，這種心態上的差距把主人公逼向了毀滅。要是僅僅是**他**單方面依戀**她**就好了！可她卻報之以感情。……規勸任何不懂得這個簡單事實的人，就像維多利亞年代家庭女教師調教我們祖父輩那樣的，規勸任何認為我們能夠依戀他人卻不能依戀他人身上的我們的人，最好不要啟動拜科斯卡特先生所賜的這種悲哀戀情。科斯卡特的魯濱遜為自己夢想了一個不願意完全交給現實的姑娘，因為她就是他，因為在那從來不肯放過我們的現實那裡，除了死亡，別無清醒狀態。

2

死前的三十六分鐘在想些什麼？
《千兆網路》的文學高度

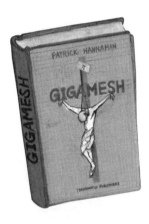

派崔克・漢納漢 Patrick Hannahan / 倫敦，跨世界出版人（Transworld Publishers）

千兆網路

Gigamesh

　　這位作家覬覦詹姆斯・喬伊斯的桂冠。《尤利西斯》（*Ulysess*）把《奧德賽》（*Odyssey*）濃縮為都柏林的一天，把「美好時期」的骯髒洗衣房變成了女巫喀爾刻[1]的陰間宮殿，為長途推銷員布盧姆把格蒂・麥克道爾的青年人綁定於行刑絞索，調遣四十萬字的大軍撲向維多利亞主義，用筆端支配下的全部風格，從意識流到審判宣誓證，使其毀於一旦。難道這不已經是小說的頂峰，同時是小說厚葬於藝術的家族墓地內（《尤利西斯》裡也有音樂！）？顯然不是，喬伊斯本人顯然並不這樣認為，因為他決定更進一步，寫一本書，它不僅僅打算把文明聚焦為一種語言，而且打算充當一種**全語言透鏡**，是上通天塔的基礎。至於才氣橫溢的《尤利西斯》和《芬尼根守靈夜》（*Finnegan's Wake*），試圖用雙倍的膽識挑戰無限的時空，我們這裡既不肯定其才智，也不否定它。如今單篇的評論充其量不過是一顆沙子，拋向兩書之上堆起來的崇敬和咒罵的大山而已。不過，可以肯定，假如沒有偉大的先作作為挑戰對象，喬伊斯的老鄉

漢納漢想必也不會創作《千兆網路》了。

也許有人認為，這種想法從一開始就注定要失敗。寫第二部《尤利西斯》，就像寫第二部《芬尼根守靈夜》一樣沒有價值。在藝術的頂峰，只認第一個成就的帳，正如登山史上只有第一次翻過不曾攀登過的壁壘。

漢納漢對《芬尼根守靈夜》夠寬容的，卻看不起《尤利西斯》。他說，「什麼餿主意，把歐洲、愛爾蘭的十九世紀塞入《奧德賽》的石棺形式裡！這部荷馬原作本身的價值就存疑。咳，它是你關於古代的連環漫畫冊吧，尤利西斯成了超人，完滿的結局。窺一斑而見全豹，從作者選擇的範本就可知他的素質如何了。《奧德賽》是剽竊《吉爾伽美什》（*Gilgamesh*）[2]的，並且是用來迎合希臘群氓的劣等贗品。巴比倫史詩中表現的一場鬥爭慘遭敗績，希臘人卻把它化作地中海風景如畫的探險遊。什麼『航行是必修課』，『人生是旅程』──原書是字字珠璣，都是大智慧。但《奧德賽》是抄襲的崩盤，把吉爾伽美什戰鬥的偉大性統統毀掉了。」

不得不承認，《吉爾伽美什》確實包含荷馬使用的主題（奧德賽主題、喀爾刻主題、卡戎[3]主題），這是蘇美學教導我們的，而且它也許是我們現有的最古老的悲劇本體論版本，因為它呈現了卅六個世紀以後里爾克（Rainer Maria Rilke）[4]叫它作「成長」的東西，表現於「被越來越巨大的未來所慘敗」。人類的命運是一場不可避免走向敗績的戰鬥──這是《吉爾伽美什》的最終意義。

在巴比倫的地盤上，漢納漢決定鋪開史詩畫布，請注意，這是十分奇怪的畫布，因為他的《千兆網路》是時空上極其有限的故事。臭名昭著的流氓、雇傭殺手、（上次世界大戰期間的）美國大

36

兵喬・美什（"GI Joe" Maesch），被名叫基蒂（N. Kiddy）的線人揭露了犯罪活動，軍事法庭判處其絞刑，發生於本單位駐紮的諾福克郡小鎮。整個行動耗時卅六分鐘，只是把死囚從監獄押赴刑場所需的時間。故事結尾是絞索的場景，黑色的繩套在藍天的襯托下掉到冷靜站著的美什的頭頸上。這位美什當然就是吉爾伽美什了，是巴比倫口傳史詩中的半人半神英雄，而送他上絞刑架的人，老朋友基蒂，就是吉爾伽美什最親密朋友恩基度（Enkidu），諸神創造他是為了造就英雄的落難。我們這樣介紹它，《尤利西斯》和《千兆網路》創作方法上的相似性就昭然若揭了。但若要公正地評論，我們必須專注於兩個作品的差別。我們的任務比較容易完成，因為漢納漢（不是喬伊斯！）在書中提供了一個評論，篇幅兩倍於小說本身（精確數字是《千兆網路》裡的故事有三九五頁，評論有八四七頁）。我們馬上知道漢納漢的運作方法了：評論的第一章計有七十頁，給大家解釋了一個名詞——即本書標題，它所產生的各種各樣典故。顯然，千兆網路首先來自吉爾伽美什，由此顯示其神話原型，就像喬伊斯，《尤利西斯》也在讀者開卷之前提供了古典的所指對象。在吉爾伽美什的名字裡省去字母L不是偶然的；L是魔鬼（Lucifer），黑暗王子，它在作品中確實存在，儘管本人沒有露面。因此，字母L對於名字Gigamesh（千兆網路），就像魔鬼對於小說的事件一樣：他就在那裡，只是**隱身**不出。是指「道路」（Logos），它即指向開端（創世），若是L代表拉奧孔（Laocoon），便是代表結束（拉奧孔的結束是由被巨蟒**纏死**造成的，就像《千兆網路》主人公被繩索勒死一樣）。L還有九十七種可能關聯，在此不能一一說明。

接著我們可以說，Gigamesh也可能是個GIGAntic MESS（巨大混亂），主人公真的陷入了混亂，一片混亂，頭上懸著死刑判決。這個詞的聯想還包括：GIG是某種划艇（美什會把他的犧牲者淹死在划艇裡的，先向他們澆水泥）；GIGgle（美什惡魔似的傻笑是個參照——指《悲歡浮士德博士》〔Klage Dr. Fausti〕原文墮落地獄的音樂主旋律〔容後詳論〕）；GIGA是（甲）義大利語的「提琴」，又與小說的音樂基礎結合在一起，（乙）表示十億巨量的字首（比如GIGAwatts〔千兆瓦〕），但這裡指的是技術文明中的巨量邪惡。Geegh是古代克爾特語的「滾開」或者「走開」。從義大利語giga，通過法語gigue，我們得到了geigen，這個德文俚語表示交媾。在此篇幅不夠，必須放棄進一步的詞源闡述。把名字作不同的切割，變成Gi-GAME-sh，則預示著作品的其他面向：GAME是玩遊戲，也是獵物（美什的情況是追人）。這還沒完。美什年輕時是個GIGolo（舞男）；AME暗示古日爾曼語奶媽；而MESH又是羅網，例如戰神瑪爾斯發現自己的神靈夫人與情夫陷入情網，所以是陷阱、**圈套**（在絞刑架下），而且是齒輪嚙合的陷阱（例如：synchroMESH〔同步嚙合〕）。

本書還有單獨一節講述標題的倒讀，因為在去刑場的路上，美什的思想**逆行**，尋找記憶中的滔天大罪，足以**救贖絞刑**。接著，他在心裡玩著遊戲（！），押上最高賭注：假如他可以回想起惡毒透頂的行為，就可以匹敵「救贖的無窮犧牲」；也就是，他會成為「反救世主」。這——在形上層次；顯然美什並沒有意識從事這種反神義論，而是在心裡上尋找某種十惡不赦，使他面對劊子手時可以泰然自若。美國大兵美什因此像吉爾伽美什，在失敗中臻於完美

——只是他是**反向**完美。這裡有種對那巴比倫英雄不對稱的高度對比。

因此，Gigamesh倒著讀，就成了Shemagig。Shema是古代希伯來號令，來自摩西五經（Shema Yisrael！——「聽啊以色列，主上帝，主為唯一！」）。由於是倒讀，我們所對付的是反上帝，也就是邪惡的擬人。Gig現在當然被看作歌革（歌革和瑪各民族）。從Shema一字又衍生了名字西緬（Simeon，希伯來語Shimeon）[5]，我們立刻想到柱頭修士聖西門（Simeon Stylites）；但聖人坐在高柱頂端，而絞索是從高柱掛下來；因此在下面懸掛著的美什會成為反向的柱頭苦行僧。這在反對稱上是更進一步了。就這樣列舉，漢納漢的解經學裡，有二九一二個片語來自古代蘇美語、巴比倫語、迦勒底語[6]、希臘語、教會斯拉夫語、霍屯督語、班圖語、南千島語、西班牙猶太語、阿帕切方言（眾所周知，阿帕切印第安人通常會喊嗄〔Igh〕、嗯〔Ugh〕），外加它們的梵文詞根和涉及的方言，他強調，這不是隨意的翻找，而是精確的語義風向圖，作品是多緯度的羅盤方位盤和地圖，它的地圖學——因為目的在於把所有這些紐帶和聯繫設計成情節，小說會以複雜的調性加以體現。

為了超出喬伊斯的作為，為了勝過他一籌，漢納漢決定使該書成為一個又一個交叉點（聯結——節點——曲折——結頭——絞索！），書裡不僅僅是所有文化的交叉，包括ethoi和ethnoi，而且是所有語言的交叉。這種分析是必要的（比如，GigaMesh的字母M把我們引向馬雅人的歷史，引向維茨普茨利神（Vitzi-Putzli），引向整個阿茲特克宇宙起源說，還有他們的灌溉體系，但它遠遠不夠！該書是人類知識的**總和**織就的；而這裡牽涉的不僅僅是當今的知

39

識，而且有科學史，從而有巴比倫的楔形文字的算術，迦勒底人和埃及人的世界模型——儘管如今這些東西已經灰飛煙滅了，還有從托勒密到愛因斯坦的世界觀，算盤和微積分，群和張量的代數，明朝青花瓷花瓶的燒製法，利林塔爾[7]、哈伊羅尼穆斯、達文西的飛行機器，安德烈的自殺氣球和諾畢爾將軍的氣球。（諾畢爾遠征時食人現象的發生率，在小說中自有其深刻的特殊意義，似乎代表著某種宿命的重物掉入水中打破鏡面的地方，於是，圍繞《千兆網路》擴散的波紋同心圓，就是人類在地球上生存的「總和」，可追溯到爪哇猿人和爪哇古猿。）所有這些資訊都隱藏著存在於《千兆網路》內部，但可以像在現實世界一樣檢索得到。

我們如此理解漢納漢的構思目標：勝過他的同胞和前人，他希望在純文學作品中不僅容括以往累積的語言文化財富，而且包含過去的普遍認知、普遍工具傳統（泛真知）。

這目標的荒唐顯得不言自明，有白癡自說自話的味道，一部小說，關於某某流氓處絞刑的故事，怎麼可能成為充斥全球圖書館之物的提煉、母體、關鍵、智囊？！漢納漢完全了解讀者這種冷嘲熱諷的懷疑態度，他不只提出主張，而且還在「評論」裡證明自己。

我們不可能把這部分歸納出來，只能用一個外圍的小例子，演示漢納漢的創世方法。《千兆網路》第一章有八頁，死囚在軍事監獄裡上廁所，一邊解小便，一邊在看其他士兵在他之前塗鴉在該聖地牆上的畫圖。他的注意力只是掠過那些題詞，淫穢無比，正因為他斷斷續續地看，題詞變成了夾層底，穿過以後，我們便直接進入了人類污穢、悶熱的大腸，進入其穢褻言語癖和生理象徵手法的地獄，它通過《愛經》和中國「花之戰」而回到黑暗的洞穴，那裡有

原始人的肥臀愛神們，正是**他們**的裸露器官從牆上亂劃的骯髒行為裡面張望出來。同時，某些畫中陽具畢露，指向東方，儘管東方指原始天堂之地，陽具像（Phallos－Lingam）被禮敬神聖化，卻被揭示為站不住腳的謊言，無法掩蓋真象——可見一開始的資訊就不靈。對，一點不錯：當原始變形蟲失去貞潔的單性體時，性別和「原罪」就跑出來了；由於性別的均勢和男女有別，肯定直接來自夏農（Shannon）的資訊理論；該史詩標題的最後兩個字母（SH）的目的便昭然若揭！為此，道路從軍營廁所的牆壁通向自然演化的深處……為了它，無計其數的文化充當了遮羞的樹葉。不過，這只不過是滄海一粟，因為本章中還可以找到：

（甲）畢達哥拉斯圓周率，象徵陰交（3.14159265359787……），由本章千個單詞中找到的字母數量來表達。

（乙）當我們把指涉魏斯曼[8]、孟德爾、達爾文生日的數字用於該文本，作為代碼的答案，就發現廁所晦淫文學的外表混沌是性力學的闡述，一對對相撞的身體被一對對交媾的身體所取代；同時整個意義序列現在開始與作品其他章節連鎖（同步嚙合〔synchroMESH！〕），所以通過第三章（三位一體！）與第十章（十月懷胎！）相關，後者倒讀變成用**阿拉姆語**解釋的佛洛伊德學說。這還不夠：如第三章表明——如果我們把它蓋在第四章上並把書本顛倒——佛洛伊德學說，也就是心理分析學說，構成了自然論般世俗化了的基督教版本。先於神經症的狀態等於天堂，孩童期的心靈創傷就是墮落天堂，神經症患者就是原罪者，心理分析者就是

救世主，佛洛伊德療法就是天惠拯救。

　　（丙）美什第一章結束時離開廁所，吹口哨吹出十六小節的小調（十六是他在划艇內強姦並掐死的姑娘的年齡）；小調的歌詞非常粗野，他只是自己思忖著。這個過度行為在當時具有心理上的理由；另外，歌曲在音節主調上考慮，就給了我們一個下一章轉換的正交矩陣（它有兩個不同的意義，取決於是否對它使用矩陣）。

　　第二章是第一章美什口哨淫詞的發展，但使用矩陣以後，褻瀆的話轉換成了「和散那」（hosannas）[9]。共有三個被指稱者：（甲）馬羅的《浮士德》（第二幕第六場開始），（乙）歌德的《浮士德》（「所有短暫的東西都只是比方而已」），（丙）托瑪斯曼的《浮士德博士》。引據托瑪斯曼的《浮士德博士》是神來之筆！因為整個第二章，每個單詞的所有**字母**都根據舊葛里果譜號指定音符時，就變成了音樂作品，漢納漢按照托瑪斯曼的描述，把《啟示錄作為人物》翻譯**回**了音樂作品，我們知道，這部作品依照托瑪斯曼看來是作曲家阿德里安‧萊伏金[10]所作。那魔鬼般的音樂在漢納漢的小說裡若隱若現，既在場又不在場（當然是不明顯的），就像魔鬼（字母L從標題中刪去）。第九、十、十一章（下囚車，精神安慰，準備絞架）也含有音樂次文本（《悲歡浮士德博士》），但僅僅是順便提及。因為一旦當作薩迪－卡諾[11]式絕熱系統，它們就成為一個大教堂（按照玻耳茲曼[12]常數建成），裡面供奉著追思彌撒。（默默的沉思是美什在囚車內的回憶，結尾是一聲咒罵，這聲懸留滑奏截斷了第八章。）這些章節真是一個大教堂，因為散文的從句間和用語比例形成一個句法骨架，它是巴黎聖母院的**藍圖**，以蒙日[13]法投影到想像平面之上，尖頂、懸臂、扶壁一個不少，而且有巨大的門

脈、著名的哥德式圓花窗，等等等等。為此，《千兆網路》裡面也有建築史，受過神義論的啟迪。在〈評論〉中，讀者會找到（本書第三九七頁以後）上述章節文本裡面包含的大教堂全圖，比例尺為1：1000。不過，如果我們不用立體幾何的蒙日投影，而是用非正交投影，根據第一章的矩陣有起始位移量，那麼，我們得到了喀爾刻女巫的宮殿，同時追思彌撒變成了關於奧古斯丁教義的拙劣模仿講座（又是破除偶像：奧古斯丁教義在女巫宮殿裡，而追思彌撒在大教堂）。從而大教堂和奧古斯丁教義不是機械地塞到作品中的，而是構成論證的要素。

　　本書可以這麼解釋，作者懷著地道的愛爾蘭人式執拗，在一部小說中串聯了整個人類世界，其中有人的神話、交響樂、教堂、物理學、世界編年史。例子又一次讓我們回到標題，因為，採取那條意義道路，《千兆網路》的「巨大混亂」獲得了意想不到的涵義。按照熱力學第二定律，宇宙畢竟在趨於最終的混沌。熵必定增加，為此每個人的終結就是失敗。所以，「巨大混亂」不僅僅是發生在老牌流氓身上的東西，「巨大混亂」分明是宇宙本身（宇宙的「混亂」以所有「混亂宅院」——即妓院做象徵，美什在去絞刑台的路上記起來了）。但同時也有「巨大彌撒」（德語是Messe）的典禮，「形式」聖餐變體為最終的「空缺」。於是，薩迪－卡諾和大教堂有了聯繫，於是，其中體現了玻耳茲曼常數：漢納漢不得不這樣做，因為混沌將是「末日審判」！當然吉爾伽美什神話本身在作品中得到充分的表達，但漢納漢的這份忠誠——忠誠於巴比倫模式——與小說中二十四萬一千個單詞各自打開的解釋斷層相比，就顯得兒戲了。基蒂／恩基度對美什／吉爾伽美什所犯的背叛，是歷史

43

上所有背叛的累積聚集；基蒂**也**是猶大，美國大兵美什也是救世主（和MESSiah！〔彌賽亞〕有關），如此等等對應在文中不一而足。

　　隨機翻開本書，一百三十一頁的第四行，我們發現了感歎詞「呸！」（Bah！）。美什呸一聲拒絕了司機遞上的「駱駝牌」香煙。在〈評論〉的索引裡我們發現了二十七處「呸」，一三一頁的那個對應著下面的序列：Baal（太陽神）、Bahai（巴哈教）、Baobab（猴麵包樹）、Bahleda（大家會以為漢納漢這裡寫錯，把波蘭登山家的名字拼寫錯了，其實不是！名字中省略c，按照我們熟悉的原則，指稱康托爾〔Georg Cantor〕[14]的c，是連續統超限性的符號！）、Baphomet、Babelisks（巴比倫的方尖塔，作者喜歡造些新詞）、Babel（巴別爾）Issac、Abraham（亞伯拉罕）、Jacob（雅各）、梯子、帶鉤子梯子、消防隊、龍頭，騷亂、嬉皮(h!)、羽毛球、球拍、火箭、月亮、山巒、貝奇特加登（Berchtesgaden）——最後一個，Bah的h也表示追思彌撒的禮拜者，二十世紀有希特勒[15]。

　　區區一個單詞，竟四面八方起作用，普普通通的感歎詞，大家還以為它在三段論方面無關痛癢呢！那麼，想想看，像《千兆網路》這樣的語言大廈的上層，又有多麼龐雜的語義迷宮等待著我們啊！先成說確實在此與漸成說奮戰[16]（第三章，第二四〇頁開始）；綁絞架繩索的劊子手，其手勢動作擁有句法的伴奏，是對應於旋渦星系兩個時間尺度的**纏繞**的霍伊爾－米蘭假說[17]。美什的回憶錄（即他的罪行），是人類全部惡行的完整記錄。在本書評論部分裡指出，這些違法惡行依次為十字軍東征、鐵鎚查理帝國[18]、屠殺阿爾比教派[19]、屠殺亞美尼亞教會教徒、布魯諾火刑[20]、審判行巫者、群體歇斯底里症（彌撒！）、鞭笞派、瘟疫（黑死病！）、霍爾班的死

44

亡舞蹈、諾亞方舟、阿肯色州、猴年馬月、令人作嘔之事等等。而美什在辛辛那提暴力相向過的一位婦科醫生安德魯·B·克羅斯：其姓氏的首字母縮寫可以拼出意思（原子彈、生物戰、化學戰），名字集聚著大堆的典故——耶穌受難、擬人說（機器人）、巴哈馬（BAHamas）（安德羅斯島）、尤利西斯（約翰遜於格蘭特之前當總統），而中間的字母也是B小調的基調，「浮士德博士的輓歌」，正是本段落文本所包含的。

確實如此：這部小說是個地獄無底洞；不管觸摸它的什麼地方，都打得開路徑，路沒有盡頭（第六章使用逗號的圖型是在類比羅馬地圖！），路不是通向四面八方，它們都有無計其數的分支，全部和諧地交織成為一個整體（漢納漢使用拓撲代數加以證明——參見本書八一一頁開始的〈評論〉、〈後設數學附錄〉兩章）。於是，書裡所有的東西便各得其所地實現了。

僅僅有一個疑問就是：漢納漢是達到了偉大前人的目標呢，還是超過了那個目標，從而在藝術王國對他自己——而且對他的前輩提出質詢？坊間風聞，漢納漢的創作得到了IBM提供一組電腦的協助。即便此說屬實，我看也沒什麼過錯嘛；如今作曲家常常使用電腦的——為什麼把作家拒之門外呢？有人說，這樣打造出來的書只能供其他數位式機器閱讀罷了，因為沒有人能夠在頭腦裡包羅這種事實及其關聯物的海洋的。請允許我問一個問題：能夠包羅《芬尼根守靈夜》，乃至《尤利西斯》的人存在嗎？我不是說字面層次上的，而是這些作品藉以成立和發揚光大的所有典故，所有聯想和文化神話象徵手法，所有結合起來的範式和原型？當然，沒有人可以單獨駕馭它。說實在的，沒有人能夠涉獵在喬伊斯的散文之後積累

45

至今的全部批評文章！因此，電腦參與小說作品的有效性問題完全無所謂。

與漢納漢敵對的評論家說，漢納漢創造了文學中最大的字謎，一個語義的巨型畫謎，一個真正討厭的手勢謎語或者填字遊戲。他們說，把千百萬、百十億典故塞入一部純文學作品，拿詞源、詞語、釋經學的紛繁糾葛招搖過市，把無休止、反常的二律背反意義層層相疊，並非文學創作，而是編撰傷腦筋謎語，供給奇特偏執狂業餘愛好者、熱衷參考書目挖掘的狂熱分子和收藏者。總而言之，這是徹頭徹尾的反常，文化的病理學，不是它的健康發展。

對不起，各位先生——標誌著一位天才的融會貫通的意義乘數，用代表著一種文化的純精神分裂的意義充實作品，在這兩者之間到底應該在哪裡劃界線好呢？我懷疑，反漢納漢文學專家集團擔心面臨失業。喬伊斯提供了極佳的字謎遊戲，但沒有把自己的任何解釋添加進去；結果給《尤利西斯》和《芬尼根》提供評論的批評家得以展示自己的智力肌肉、深邃的洞察力、模仿天才。相反，漢納漢做的一切都靠自力更生。他不滿足於僅僅創作，還添加了參考資料，兩倍於它的輯錄、索引、辭彙等等。這裡面就有著天壤之別，倒不是由於喬伊斯「獨自構思了一切」，而漢納漢則依賴電腦連結進藏書兩千三百萬卷的美國國會圖書館。所以，對於這位鉅細靡遺得要命的愛爾蘭人驅策我們進入的圈套，我看是無緣解脫了：《千兆網路》要麼是現代文學的尖峰之作，要嘛它就連同芬尼根的故事加上喬伊斯的奧德賽，都不能接納入文學的奧林匹斯山。

3 做不愛做的事：
《性爆炸》與未來情欲

賽蒙‧梅里爾 Simon Merrill / 紐約，沃克公司出版（Walker & Company）

性爆炸
Sexplosion

假如你要去相信一個作者的話——越來越多的人告訴我們，那就要去相信科幻小說的作者！——這本在一九七一年出版的書宣稱，當前的色情狂瀾將成為一九八〇年代的大洪水。但小說《性爆炸》的情節發生在廿年以後，發生在嚴冬冰雪覆蓋下的紐約。不知姓名的老人在積雪裡跋涉，撞到一輛一輛積雪掩埋的汽車外殼，來到了死氣沉沉的辦公大樓；他從胸口袋裡摸出鑰匙，帶著殘餘的體溫，打開鐵門，下到地下室裡。他在那裡徬徨，一片片記憶不時穿插進來——這整部小說就是這樣。

老人手裡顫抖的手電筒光柱滑過地下室安靜的穹隆，它可能曾經作為博物館，或是美國再度成功入侵歐洲的歲月裡一個財大氣粗企業的運輸部門。當仍然從事半手工行當的歐洲人，與無情的輸送帶生產迎面衝撞之餘，後工業化的科技巨人顯得所向無敵。

戰場上僅餘三家公司，它們是：通用性狀態（Sexotics）、機器人美味（Cybordelics）及性交國際（Intercourse International）。當

49

初這些產業巨人的生產量處於高峰時，「性」從私下的娛樂、觀賞運動、集體健身活動、業餘愛好、收藏家市場，一躍而成了文明的哲學。蹙鑠的古怪老頭麥克魯漢[1]生前曾目睹了這個時代，他在著作《生殖政治》（*Genitocrcy*）中指出：這正是人類邁上技術文明之路那一刻起的歸宿；哪怕是古代鎖在木帆船上的划船奴、手持利斧的北方林居者、汽缸加活塞的史蒂文生蒸汽機，都在追蹤人類性行為——也就是人類的真義所在——關於性交動作的節奏、外形和意義。美國的工業無人格可言，它利用了東西方的倫理學智慧，拿掉了中世紀的枷鎖，做成「不貞操帶」，竟把藝術拿去為性愛機器的設計服務——先是孵化鋪、交媾吊床、按鈕式陽具、春宮錐、陽物機問世，接著啟動了抗菌裝配線，產出了性凌虐專用車、女夢魔、家用雞姦沙發，公用的「蛾摩拉」[2]街頭遊戲機等。同時還成立了研究所和科學基金會，為「性事從種族繁衍的奴役下解放出來」而鬥爭。性事不再被人們當時尚，它已經成為信念；到達性高潮被當作日常義務，那個紅色指標的高潮表，代替了辦公室和街頭的電話機。

　　話說回來，這位潛行地下室通道的老人是誰呢？他是通用性狀態公司的法律顧問嗎？他回憶起一宗爭訟到最高法院的著名案子，是關於爭取「複製名人外貌」以用於人體模型權利的戰鬥，該案是從第一夫人的模型爭議而起。那時通用性狀態公司以兩千萬美元的代價，贏得了官司。老人手電筒的光束遊走在蒙塵的鐘形塑膠罩上面，裡面正是那些恭立的電影巨星和全球頂級交際花，花枝招展的公主王后等，法庭那時裁決這些模型只能關在罩子裡，禁止以其他方式展覽。

十年間，「人工性事」大行其道，從起初的模特兒、充氣器具、手淫器具，到裝著恆溫器和反饋器的樣板。這些拷貝的原件早就消逝，要嘛已經像乾癟老太婆般陳舊，但鐵氟龍、尼龍、特拉綸（Dralon）和「性調整」（Sexofix）等類製品，就算經過長時間的存放，仍像博物館裡的蠟像，神態優雅的女子從黑暗之中蹦跳而出，對老人不動聲色地微笑著，舉起的手裡都拿著磁帶，錄有各自的淫聲淫語（根據最高法院裁定，出售者不得把磁帶塞在模特兒體內，但購買者在家中私密處當然可以啦）。

　　老隱士緩慢而顫巍巍的腳步揚起了塵土，房間另一頭灰濛濛的，一幕幕淡紅色集體色情作品隱隱透過來，有些由三十人組成，活像巨型的扭結狀椒鹽脆餅或精心絞繞的麵包。曾在這些高高的蛾摩拉街頭遊戲機和溫馨的雞姦沙發的過道裡走動的，會不會是通用性狀態的總裁本人，還是公司的總設計師——那個令美國，乃至全世界產生褲襠意識的人？這裡有附控制器及設定好程式化的「尿壺錄影機」，上面有書報檢查的鉛封，為了它，法律訴訟過程走遍了六個法庭；還有一排排的貨運棧板箱，準備轉運海外，裝滿了日本製的地球儀、假陽具、性交潤滑油，千百個類似的玩意兒，裡面說明書和維修手冊俱全。

　　那是個民主終於實現的時代：人可以為所欲為——跟任何人。各大公司聽信未來學家的忠告，違反反托拉斯法案，悄悄瓜分了全球市場，隨之進入專門化。通用性狀態公司努力為出軌者爭取平等權利，其餘兩個公司則投資自動化專案。鞭笞器、毆打器、鼻青臉腫器等的設計原型應運而生，企圖說服公眾相信，市場上不會有供過於求的說法，因為真正偉大的行業，不僅僅是滿足需求，而且還

能創造需求！「躲在家中私通」的老辦法——應該和古尼安德塔人的打火石和棍棒一樣，可以休矣。學術機構開出六年制和八年制的學習課程，接著有研究生和高級學位，專攻高等和低等情欲學；人們又開發了神經性器，接著有節流閥、消聲器、絕緣材料和特種吸音器，以免房客叫床失控，打擾其他房客的安靜或者樂趣。

　　不過，這些企業還必須不斷前進，勇往直前，無所畏懼，因為停滯就是生產的死亡。工廠裡已經有供個人使用的奧林匹斯山，在機器人美味公司熱火朝天的車床間裡，已經在用塑膠打造第一批希臘諸神和女神外形的機器人。也有人談及天使外形產品的可能性，公司先設立了大筆財務準備金，以便和教會展開法律戰。然而，還有一些技術問題尚待解決：天使的翅膀應該用什麼材料；羽毛會刺激鼻孔；翅膀應該動彈嗎，那樣裝會不會礙手礙腳；而天使的光環怎麼辦、要裝什麼開關、裝哪裡等等。接著，有件電閃雷鳴的大變襲來。

　　有一種代號「無性」的化學物質在稍前被合成，它可能早在一九七〇年代就研發出來了。但只有一小批專家知道其存在，他們都有參與秘密工作的許可。此藥立刻得到認可，作為一種秘密武器，在與五角大樓有關係的一家小公司實驗室裡製造。使用氣溶膠形式的「無性」，實際上能夠使任何國度的人口十去其九，因為該藥攝入不到一毫克的量，就消除了性行為帶來的一切快感。誠然，性行為仍然有可能完成，但只能成為一種體力勞動，頗為勞累，就像擰乾衣服，刷痰盂，拖地板這類活動。後來，政府曾考慮使用「無性」去制止第三世界人口爆炸，但大家認為此計畫十分危險。

　　沒有人知道後來那場世界性的災難是怎麼發生的。據說是一堆

庫存的「無性」由於短路、失火及一罐乙醚而爆炸了，此話當真？還是掌控市場的三家公司的同業敵手幹了什麼舉措？再不然就是某個顛覆組織──反動組織或者宗教組織──從中插了一手？我們不得而知。

老人在地下室走了數哩路，乏了，就在塑膠埃及豔后光滑的膝上坐下，在還沒拉動這位豔后的的剎車前，他的思緒就像懸崖勒馬，回到一九九八年的大崩潰。一夜之間，公眾本能地對性反感，拋棄了充斥市面的全部產品。昨天還誘人的東西，今天成了疲乏伐木工的斧子，洗衣婦的搓板。曾幾何時，永恒的銷魂物，生物學投在人類身上的魔咒打破了。此後，乳房只能令人想起人是哺乳動物；大腿是人走路用的；屁股是人用來坐的部位。僅此而已，別無它用！麥克魯漢多麼幸運，他沒有活到親眼目睹這場災變，他晚年著作中曾經解釋過大教堂和太空船、噴氣發動機、汽輪機、風車、鹽瓶、帽子、相對論、數學方程式的括弧、零、驚歎號等，它們是代用品，替換「那個單一功能」──那個人唯一純淨態的存在經歷。

這種想法在數個小時之間就失去了效力。滅絕的幽靈漂浮在人類頭上。它起始於一場令一九二九年的大蕭條相形見絀的經濟危機。《花花公子》的整個編輯部，一如既往，衝鋒在前，放火自焚而死；脫衣舞俱樂部和上空女侍酒吧的同仁們絕食了，不少人跳窗；雜誌出版商、電影製片人、大廣告集團、美容學校紛紛破產；整個化妝品香水行業風雨飄搖，內衣行業也不能倖免。一九九九年，美國失業者人數達到三千兩百萬。

現在還有什麼能激起公眾興趣的？疝帶、假駝背、白假髮套、

坐輪椅的半身不遂者，只有這些不暗示著性事——那個職責，那個禍水，那個苦差事——的東西似乎才能有保護作用，不會受到情欲威脅，從而使人保證有休息和安靜。各國政府已經意識到危險臨頭，正在全體動員，以拯救人類。報紙的專欄文章呼籲要有理性，有責任心；各種宗派的教士在電視上露面，苦口婆心，耳提面命，提醒信眾，莫忘崇高理想，但芸芸眾生聽了這些權威大合唱卻提不起精神。官方鳴起號角，正式宣言要責成人們檢點自己，但也無濟於事，宣導效果差得可以。只有一個異常循規蹈矩的國家——日本，咬緊牙關遵從這些指令。他們頒布了專門的物質刺激，名譽學位和勳章啦，獎狀獎金啦，通令嘉獎啦，獎牌啦，私通比賽啦（獎品是雙環愛情大酒杯）等。當這項政策也失敗後，他們更採取了壓迫措施。隨著各省的人全都紛紛逃避殖義務，青少年逃亡壯丁趴在周圍的森林裡，年長些的則呈上假造的陽痿證，公共的執法監督委員會受賄成風，人人都會在必要時盯住鄰居，保證他沒有逃避，儘管他自己盡可能迴避那勞累的工作。

那災難降臨的時代，如今只是孤寡老人腦子裡濾過的一個記憶，他坐在地下室埃及豔后的膝上。人類沒有死絕，現在受胎的方式非常乾淨衛生，頗有點像接種，經過多年的考驗，群體心境穩定下來了。但文化討厭真空，性內爆造成的「那個空乏」，引起了可怕的抽吸，並把對食物的想像拖入了掏空的地方。當時的美食學分成普通和猥褻兩派，到處是暴飲暴食的反常行為，鮮亮的餐館宣傳品夾著折頁，以某些體位進餐被看作是墮落得難以名狀。例如，禁止跪著進食水果（但一個下跪變態宗派正在為這一自由奮鬥）；禁止翹起一隻腳吃菠菜或者炒蛋。不過，當然囉！私人俱樂部還存

在著，鑑賞家和美食家享受著不入流的歌舞表演待遇；特殊競賽的冠軍當著觀眾的面狼吞虎嚥，觀眾的集體下巴垂涎三尺。有本從丹麥走私來的色情烹調雜誌，內容無比下流。一幅圖畫描述用吸管吸入炒蛋，吸食者手指插入加了大量蒜末的菠菜，同時嗅著匈牙利紅燴牛肉，躺在餐桌上，用餐桌布包著，雙腳用繩子綁住，掛在滲濾式咖啡壺上，使咖啡壺在這場淫樂中活像個分枝吊燈。當年的法國「費米納獎」（Prix Femina）得獎小說，正是講述一個人先把松露醬塗在地板上然後舔乾淨，之前他已飽餐了一頓義大利麵條。他追求美貌的理想變了，現在成了兩百九十磅的小胖子，這能證明其消化道的非凡能力。時尚也大變，一般再不可能憑穿著分辨男女了。不過，在開明國家的議會裡，正在辯論是否應該向學齡兒童講授生活常識——也就是消化過程。但到目前為止，這個主題仍不夠體面，被人們嚴格地忌諱。

終於，生物科學逼近於徹底消滅「有性生殖」——那多餘的史前文物。人們將用人工方法懷胎，按照遺傳工程的規劃生長。胎兒將產生中性的個體，這最終會結束所有那些經歷過性事災難的人心目中揮之不去的可怕回憶。在亮澄澄的實驗室裡，這些進步的殿堂，就會站起形貌雄偉的「陰陽人」，或者更貼切地說是「中性人」。於是乎，人類便擺脫了以前的恥辱，將能夠越來越津津有味地咀嚼各種各樣的果子——如今唯一的禁果僅存於美食意義之中了。

4

橫財飛來，人生轉彎讀史詩的耐心——
讀《小隊元首路易十六》

阿爾弗雷德·策勒曼 Alfred Zellermann /
法蘭克福，蘇爾康普出版社（Suhrkampf Verlag）

小隊元首路易十六

Gruppenführer Louis XVI

　　《小隊元首路易十六》一書又名《納粹班長路易十六》。它是阿爾弗雷德·策勒曼的小說處女作。策勒曼年近六旬，是著名的文學史家、人類學博士。他在德國度過「希特勒王朝」，當時被解除了大學裡的教職，跟岳父岳母住在鄉下；因此，他是第三帝國生活的被動觀察者。我們斗膽把這部小說稱為佳作，並且補充一句，也許只有這種德國人，社會實踐經驗豐富多彩（而且對文學理論造詣很深！），才寫得出來這本書。

　　儘管書名如此，放在我們面前的卻並非一本幻想作品。故事背景發生在大戰結束後十年的阿根廷。五十歲的小隊元首西格弗里德·陶里茨來自土崩瓦解、被占領的德意志帝國，他逃到了南美，身上還帶著臭名昭著的部分黨衛隊學院搜刮「財富」（所謂的「祖宗遺產」），這些用鋼條箍住的箱子裡裝滿了金元。他身邊聚攏了一小撮其他德國逃亡者，包括各種流浪漢和冒險家，而且雇來了十來個品德有疑問的女人，她們服務內容暫時未明確（其中一些是陶

57

里茨親自從里約熱內盧的窯子裡贖身出來的）。這位前黨衛隊將軍組織了一場深入阿根廷內地的遠征。這過程中他表現出的技巧充分顯示了他的參謀才幹。

在一個已遠離文明城鎮關口數百英里外的地區，遠征隊遇到了至少是距今十二世紀以前的廢墟，這很可能是阿茲特克部隊建立的房屋遺跡；遠征隊在裡面居住下來。當地的印第安人和混血兒發現有錢可賺，便都前來效力。陶里茨很快將此地命名為（理由則未揭露）「巴黎西亞」。這位前小隊元首將他們組成一支高效率的工作隊，並派自己的武裝人員做工頭管他們。幾年過去了，經過這些活動，陶里茨為自己憧憬的王國打造成形。他這個人身上，肆無忌憚的殘酷和糊塗的再創造觀念結合在一起，他要在叢林深處重建處於君主全盛期的法國，而他自己恰恰要做再世的路易十六國王。

這裡先說句離題話。上述情況並沒有概述出小說的主要內容，下面的情況也沒有，因為這本小說情節發展並不貼合一般陳述者的年月日時序。我們當然知道藝術布局的要求支配著作者；然而，我們希望把一連串的事件盡量以編年方式重構起來，以便讓作品的中心構思和理念，清楚地、以特有的力度突顯出來。同時，我們在「依照時間順序」的扼要復述中，忽略了大批枝節問題和小插曲，因為全書分兩卷、共有六百七十多頁，梗概不可能包羅萬象。但我們在本文討論中盡量也涉及策勒曼在史詩中實施的事件序列。

言歸正傳，王國設立了朝廷，分封了朝臣、騎士、神職、僕從，要塞城垛中間也建了宮廷教堂和若干舞廳。他們把古老的阿茲特克建築遺存變造進去，瓦礫以荒誕的建築方法重建起來。「新路易」王憑著身邊三個對他愚忠的人（漢斯‧梅爾、約翰‧維蘭德、

埃里希・帕拉茨基），這三個人在帝國成立後頃刻間就被冊封為「紅衣主教黎塞留」、「羅昂公爵」、「蒙巴松公爵」。陶里茨不僅僅維持著自己的假王位，而且藉這三人之手按照自己的意圖掌控周圍的生活。同時——這一點對小說很重要——這位前小隊元首的歷史知識素養，充其量只能算一鱗半爪，充滿了空白點。簡直很難說他擁有什麼歷史知識，他的腦袋裡不是十七世紀法國史的點點滴滴，而是童年留下的烏七八糟野史；當年他沉迷於大仲馬的冒險故事，從《三劍客》開始，然後，他自認在青少年即具有「君王傾向」（但這是他自己的用詞，其實說穿了不過是種虐待狂心理），並埋頭鑽研卡爾梅[1]的書。由於陶里茨後來在這些閱讀的記憶之外，又添加了些廉價的浪漫故事，狼吞虎嚥，手不釋卷，以致後來他能夠記起的不是法國歷史，而是野蠻粗糙、極端低能的大雜燴，這些東西在他頭腦裡鳩佔鵲巢，反成了他的專業信念。

實際上，從散見於作品中的各種細節和注解來推斷，希特勒主義對於陶里茨而言不過是無奈的選擇——他在矮中取長，選擇這個相對適合他、貼近他的「君王傾向」狂想的主義。在他眼裡，希特勒主義接近中世紀——同意，實在是接近他的愛好！但不管怎麼樣，它比任何形式的制度民主更可喜。相反，陶里茨有自己私密的第三帝國「王冠夢」，從來沒有屈服於希特勒的磁性，從來不相信希特勒的學說，因此他不必為「大德國」的倒臺哀悼。相反地，他頭腦清醒，知道這事遲早發生，尤其他從未認同自己是那群第三帝國精英中的一份子（儘管他仍屬於帝國），所以他對這場災難有備無患。他對希特勒的崇拜是路人皆知的，甚至不是自欺的產物；整整十年，陶里茨上演著玩世不恭的喜劇，他有著自己的神話——並

59

能藉此抵抗著希特勒神話，這對於他特別方便，因為那些讀希特勒《我的奮鬥》的信徒哪怕一次以上（比如說像希特勒的御用建築師阿爾伯特‧施佩爾）稍稍嘗試把該學說當真，事後就覺得自己跟希特勒疏遠了，而這個習慣逐天公布當天觀點的陶里茨，反倒對任何有異希特勒的異端邪說免疫。

陶里茨內心深信不疑的唯有金錢、權力和武力。他知道，物資可以勸說人們追隨出手夠大方的主人，只要該主人還能處事果斷，在遵守諾言上不折不扣就行。陶里茨一點也不多心犯愁，他的「朝臣們」──一幫各種膚色的傢伙，德國人呀，印第安人呀，混血兒呀，葡萄牙人呀，是否認真對待他多年來吹噓出來的遠大前景；在旁觀者看來，他的獻演是那麼難以名狀的枯燥低俗，毫無靈感可言；他也不在乎演員當中的人是否相信路易朝廷的合理性，他們可能僅僅在演出喜劇，盤算著撈報酬，可能還在盤算統治者駕崩後順手牽羊，幹走「國王的鋪蓋」。這種問題對於陶里茨似乎根本不存在。

這個朝廷上下的生活顯而易見是贗品，而且仿冒得很拙劣，如此不可靠的東西，至少其中頭腦清醒的人，晚一步到「巴黎西亞」（陶里茨王朝的首都）的，還有全部親眼目睹那些假君主、假親王們起家的人，恐怕沒有一刻不歡服。特別是在草創初期，王國活像一個精神分裂而一分為二的人：在宮廷觀見和舞會上，特別是靠近陶里茨時，人們以一種方式說話，而當君主和他三個親信不在時就另當別論了，儘管他們甚至以非常殘酷的方式（直至刑罰）來維持假戲的真做。這場遊戲以少有的輝煌加以裝飾，沐浴著如今已經不虛假的金光，他們用手中的強勢貨幣採辦源源不斷的商旅物資，

在二十個月間，王國築起了城堡高牆，覆蓋上壁畫和巴黎哥白林花毯，鑲木地板也鋪上了優雅的地毯，布置了無計其數的家具、鏡子、鍍金座鐘、衣櫃，在牆壁、壁龕、棚架、露臺建造了暗門和藏身處，城堡四周圍繞著規模巨大、氣勢不凡的公園，外面還有絕壁塹壕。德國人統統做工頭，控制著印第安奴隸，人造王國確實是靠印第安人流血流汗搞起來的；陶里茨巡視工程時的穿著酷似十七世紀的騎士，但金腰帶上別著「帕拉貝冷」牌的軍用手槍——封建制下所有勞資糾紛的解決用具。

不過，君主和親信們逐漸有系統地從周圍場景裡剔除著直接揭露朝廷和王國虛構性的一切外在及一切跡象。首先他們起用了專門的語言，以此措辭處理外部世界透露進來（當然是拐彎抹角的）的任何消息。比如「（我們）國家」正受到阿根廷政府干涉威脅的可能性；同時此措辭是高級官員向國王傳達的，卻不敢坦白直說，君主和王位其實沒有君權。例如阿根廷始終被稱為「西班牙」，視同鄰國。逐漸地，大家都披著人造皮膚無拘無束，錦衣華服熟習得進退自如了，舞劍弄舌已經遊刃有餘，於是謊言深入了人心，織入了編造物的經緯，進入這幅活圖畫。儘管此圖仍然是冒牌貨，但它悸動著真欲望、真仇恨、真爭端、真敵對的血液；不真實的朝廷孵化了真實的陰謀，朝臣你死我活，踏著政敵的屍體接近王位，以便從國王手裡接受被打倒者的高位和榮譽；因此，含沙射影、毒酒、告密、匕首等朝廷鬥爭開始隱秘而貨真價實地運作。然而，新的路易十六的極權夢，由一小撮前黨衛隊演出的夢，只能到此為止了；陶里茨所能灌輸的君主封建成分，繼續彌漫的形勢畢竟有限。

陶里茨認為，德國國內還有他的侄子在，貝爾特朗‧吉森黑恩

是陶氏家族的最後一員，德國淪陷時他年僅十三。路易十六派了羅昂公爵（即約翰・維蘭德）去找這個現在已經二十一歲小夥子。維蘭德是他手下唯一的「知識分子」，曾任黨衛軍軍醫，在毛特豪森軍營[2]中從事「科學研究」。國王委任公爵尋侄訪嗣，那次頒密詔的情景是小說的精彩場面之一。

首先，君王彬彬有禮地說明自己斷子絕孫的煩惱，操心王位利益的繼承問題；這些開場白助他以這種口吻接著講話；場面的愚蠢之處在於，現在國王連自己都不能承認，他不是真國王了。其實他不懂法語，而使用宮廷通行的德語，他堅持自己就在「講法語」——只是是十七世紀的法語，提起這件事，大家都跟著說是法語了。

這可不是瘋狂，因為現在承認德國貨才是瘋狂，哪怕是在語言上承認；德國不存在，法國的唯一鄰國是西班牙（即阿根廷）！任何人膽敢說德國話，讓人知道他在說德語，就有生命之虞：從巴黎大主教與薩黎邑公爵的對話（第一卷三一一頁）可以推斷，因「叛國罪」被砍頭的察吐士親王，實際上是借著酒興稱王宮為「妓院」，而且是「德國妓院」。注意：小說的大量法國名字與官銜和葡萄酒的名稱驚人地相似，比如典禮官「教皇的沙托訥侯爵」，無疑來自這個事實（儘管作者並未吐露）——即陶里茨的腦袋瓜裡，顯然全是一堆鬧哄哄的燒酒和利口酒，而不是法國貴族的名字。

回到陶里茨對密使訓話，想像著路易國王派遣寵臣幹這種差事時的口吻。他沒有命令公爵先生放下假行頭，反而叫他「假扮成英國人荷蘭人」——也就是盡量打扮得普通，要跟上時代。不過，「跟上時代」這話不能說，這是危險說法之一，會削弱虛構王

國的力量。甚至金元（Dollars）都始終要利用諧音借稱作「塔勒」（Thalers）[3]。

維蘭德領到一大筆現金，來到「朝廷」的商業代理駐地里約熱內盧；陶里茨的密使拿到了上好的假證件，出航歐洲去了。本書對他尋嗣的旅程一聲不吭，我們只知道，十一個月之後他大功告成了。小說的實際形式是別具匠心的，一開始就表現維蘭德和青年貝爾特朗（他獲准保留該名字，叔叔陶里茨認為這名字響噹噹）的第二次談話，他在漢堡一家大飯店做侍者。貝爾特朗一開始只得知，百萬富翁的叔叔準備過繼他當兒子，對他來說這足以讓他離職跟著維蘭德走。這對怪人的行程充當小說的引子，而且是個很漂亮的引子，這裡既有空間上的前進，又彷彿是退回到歷史時間：旅行者從越洋噴射客機轉乘火車，然後換成汽車，汽車又換成馬車，最後一百四十五英里旅程則騎馬。

隨著貝爾特朗的衣服一件件穿破，他的備用物品在小說中「消失」了，取而代之的是古裝——由維蘭德有遠見地，適時地提供出來；與此同時，後者慢慢變成了羅昂公爵。這種變形並非馬基維里式的陰謀，它的發生從終點到終點，離奇地簡單。讀者可以猜測（後來得到證實）到，陶里茨的總管使者維蘭德，已經多次經歷這種服飾上的變化了（只是沒有經過像貝爾特朗這種裝卸步驟而已）。所以，維蘭德去歐洲時的化身海因茨·卡爾·米勒，接著又變成了佩劍躍馬的羅昂公爵，而貝爾特朗——至少在外表上——也經歷了類似的轉換。

貝爾特朗大吃一驚，瞠目結舌。他去的是叔叔家，並被告知叔叔擁有家產巨萬；他原是要拋棄侍者生活來繼承百萬家產的，而現

在他們卻領著他進入了無法理解的古裝喜劇及鬧劇圈子。維蘭德－
（或）米勒－（或）羅昂一路上給他的指示，只把他搞得愈來愈糊
塗了。有時他覺得，同伴僅僅在開玩笑；有時他覺得，他在把他引
向滅亡，或者反過來，他貝爾特朗正被接納入某種難以想像的陰謀
詭計，對方只是無法一下子和盤托出而已。他多次感到自己發瘋
了。當然，維蘭德給的指示裡從不直呼東西的名稱，這項本能智慧
是朝廷的共同財產。

羅昂命令他，「務必遵守叔叔規定的禮節」（「叔叔」又變成
「老爺」，最後是「殿下」！）：米勒又宣告道，叔叔已改名叫
「路易」，而不再是「齊格非」——後者甚至連講都不能講，因為
他已經放棄姓氏了——這是他的旨意！他又成了公爵。「他的產
業」變成了「他的領地」，然後是「他的王國」；於是，馬背上耳
濡目染，漫長的一天天過去，貝爾特朗策馬穿越叢林，然後，在最
後的時刻，坐上了由八個膀大腰粗的赤裸混血兒抬的鍍金大轎，窗
外可見全身披掛的騎士隨從——這時貝爾特朗已經對謎一樣的旅伴
說的話深信不疑了。接著，他把精神錯亂的懷疑從自己身上轉移到
旅伴身上，把全部希望寄託在叔侄會面上，不過，他對叔叔簡直
不記得了——最後一次見面是在九歲啊。但叔侄會面是一場聲勢浩
大、張燈結綵的慶祝活動的中心，是陶里茨竭力回憶起的全部禮儀
風俗的大雜燴。

唱詩班高唱，銀喇叭狂吹，國王戴著王冠現身了，前面有侍衛
拖聲吆喝著，「國王駕到！國王駕到！」一邊打開雕刻精美的對開
門；陶里茨身邊簇擁著十二個「王國貴族」（他在這裡的假借習
俗出處也不對），莊嚴時刻來臨了——路易手劃十字迎接侄子，稱

他為親王，許可他親吻自己的戒指、手、權杖。他倆單獨進早餐，印第安人身穿燕尾服伺候，眼前是城堡制高點下面的旖旎全景，有公園裡亮晶晶的噴泉排列，貝爾特朗目睹這勝景，又看看遠處環繞整個莊園的叢林帶，慘綠色閃閃發光，簡直無法鼓起勇氣詢問叔叔任何話了。當叔叔輕輕激勵他講話時，貝爾特朗開腔了：「陛下……」，「對，就這樣……這是崇高的的要求……你我的福祉就因它所賜……」頭戴王冠的前黨衛隊小組元首和善地對他說。

本書的非凡之處在於，它把看起來風馬牛不相及的要素統一了起來。凡事要嘛是真實，要嘛是不真實，非假必真，要嘛是虛幻的生活，要嘛是自發的生活；可是這兒面對的是「假冒的真相」、「真實的贋品」，從而既是真相，又是謊言。要是老陶里茨的朝臣們僅僅逢場作戲，結結巴巴地背背臺詞，我們看到的就會是一場毫無生氣的木偶歷史劇了；可是，他們同化於那種形式，再各自潛移默化數年之後，竟然熟能生巧，貝爾特朗來後不久，他們開始密謀推翻陶里茨的時候，已經完全無法擺脫假冒的模式。這場陰謀本身又是一場荒誕不經的心計混戰，就像多層蛋糕，覆蓋著果凍、麵團、通心粉、吞果噎死的死鼠。這王國雖假，裡面可是有一種貨真價實的激情，一種渴望統治權的誠實慾望，小隊元首身披一團屬於法王路易歷史的斷斷續續的記憶，這是來自第三手的歷史──由廉價小說和恐怖故事組成。

起初他並不堅持人們對他的癖好忠心不二，他做不到，只是花錢雇人做，那時他不得不對先前的黨衛軍司機、軍士、哨兵的竊竊私語裝聾作啞，他們在背後數落他，對整個「製作」說三道四的；他城府很深，逆來順受，但直到最終輕易地通過恐嚇、逼迫、折磨

65

來加強紀律；從那以後，至今唯一的誘惑——「金元」變成了「塔勒」……。

　　這個原始階段（可謂是王國的史前時代），在小說中僅僅以偶見的談話片段露面，讀者應該記住，這種提及過去的方式，可能要付出昂貴的代價。情節發端於歐洲，無名使者贏得了青年侍者貝爾特朗的信任，但是要到了小說第二部，其敘事內容才讓我們猜測得到，之前我們拼命重構的東西是什麼。顯而易見，讓以前的憲兵、營房衛兵、軍醫、黨衛軍裝甲師「泛德意志國」的駕駛兵、炮兵，去充當路易十六宮廷的朝臣、貴族、神父，真是不可思議地亂點鴛鴦譜，角色錯亂到史無前例，聞所未聞。另外，倒不是他們把明確的角色扮演砸了，而是這種角色根本就沒有存在過，他們長袖善舞，全力克服難題，而且往往做得非常低能，因為別無他法。……起始時作假的東西，現在他們假冒地、麻木地扮演出來了；所以結果理應是一個雜錄，使本書變成了一堆廢話。

　　然而，事情並非如此。那些希特勒式屠夫笨拙地換上了紅衣主教的紅衣、主教的紫衣、鍍金的盔甲鎧板，一開始可能令人感到荒唐，但很快就不那麼可笑了，因為從海港的窯子裡撈出窯姐，改任誥命婦人（為世俗貴族所用），或者改任貴婦人、伯爵情婦（為路易國王的神父所用）是很滑稽的。這些角色也令窯姐們欣喜萬分，她們假戲真做，冠冕堂皇，人人錦衣玉食，不可一世，但同時也提高自己，按照心目中的偉大淑女理想身體力行。於是，在那些原是惡棍，現在卻頭戴神父帽、喉嚨卡著花邊束頸有發言權說話的傢伙們的描敘章節裡，分明就是本書作者心理描寫技巧的非凡展示啊。這些壞蛋從自己的地位中獲得了真貴族所不知的快樂，因為它簡直

66

可以說超渡了罪行，使罪行徹底合法化了，快樂也就加了倍。惡棍只有在堂皇法律下作奸犯科，才能將罪惡的果實大快朵頤；集中營裡有施虐狂且愛折磨人的職業人員，獲得了一種明顯的滿足：他們竟有可能在金碧輝煌的宮廷中重演多種故伎，光芒四射之下，似乎放大了一件件骯髒勾當。有鑒於此，做不光彩的事情時，他們統統心甘情願，至少在口頭上盡量不出格，不做出有違主教、親王角色的事情來。因此，他們也得以貶損他們藉以自封高位的整個御用象徵主義，而且，有些比較遲鈍者，比如梅爾，就忌妒羅昂公爵能巧舌如簧，為自己虐待印第安孩童的癖好辯護，並且把折磨孩童變成完全「適於朝廷」的活動，也就是無比得體。（另外請注意，一般將印第安人稱為「黑人」，因為用黑人做黑奴「比較體面」。）

我們還能理解維蘭德（羅昂公爵）竭盡全力要爭取紅衣主教帽：現在他獨缺的就是這個；它能助他以天主的代理主教之一玩他的墮落小遊戲。但陶里茨不給他這個特權，彷彿了解維蘭德這個野心後面所隱藏的惡行異心。因為在那個遊戲中，陶里茨的想法可不同，他不願**既**意識到當前的煊赫，又背負黨衛軍的過去，因為他另有「一個夢，一個神話」；他殷切地渴望王位，從而義憤填膺地唾棄維蘭德只想利用現狀撈一票。作者的神來之筆在於，他借用這個假王國不勝枚舉地羅列出人類無賴行為，人的邪惡五花八門，比比皆是，無法簡化為任何單一的公式。因為陶里茨並不比維蘭德「好」多少，他僅僅是心有旁騖而已，他祈望一種不可能企及的理想主義——完全的理想主義。看來他有「清教徒主義」，對這一點陶里茨的貼身同伴是耿耿於懷的。

至於朝臣們，我們看到他們確實在盡人臣之道——只不過理由

不一。……後來，其中十人陰謀推翻國王小隊元首，以竊取他整箱的金元，還要將他謀害，同時他們卻又割捨不下議會席位、爵位、勳章、榮譽，於是首鼠兩端，進退維谷。他們不想抹了老頭子的脖子，捲走財物；但所有不想做的卻都做了，不僅僅是形式上的問題干擾著他們的陰謀。如今他們也不時地相信自己地位顯赫的可能性，那個可能性極大地滿足了他們的需求。最最妨礙他們動手的（這確實是瘋狂，但它完全符合邏輯並能在他們心理上自圓其說），不再是回憶形式的認帳——承認他們是假冒的；而是陶里茨作為國王的隨意兇殘：要是君王不那麼——分毫不差——像黨衛隊小隊元首，要是他沒有跟他們說得清清楚楚——而只是默不做聲！——告訴他們是他創造的，也是由於他的意願和心血來潮才存在，那麼位於阿根廷內地的「法蘭西安茹王朝」確實會穩定茁壯的。於是，說真的，演員現在反對演出的組織者了……因為，他的真實性不夠充分啊。那幫賊子渴望的，是比國王所許可的君主制，還要**更像君主制**啊。

　　當然，他們錯了，因為他們在這些角色裡是無法與真正宮廷更加貨真價實的真實性相比的；他們無法將自己得體地提昇到角色的演出水平，卻把這些角色變成自己的東西，使之活靈活現；大家分別把自己擁有的東西盡可能融入角色，隨心所欲嘛。這裡並沒有故弄玄虛和矯揉造作，我們畢竟多次看到，這些**公爵**是如何應承他們的**夫人**的，博若萊侯爵（當初的漢斯・魏爾霍茨）並且揍老婆，反覆對她提起她的婊子出身。在這種情景下，作者的目的是讓三言兩語似乎難以令人置信的東西深入人心。確實，這些可憐蟲對自己必須做出的表演感到厭倦。但最令人叫絕的是那些表演羅馬天主教高

級神職人員的人。

該殖民地根本就沒有天主教，前黨衛軍人壓根兒談不上任何宗教感情；然後大家都認了，宮廷教堂舉行的所謂禮拜要搞得極其簡短，簡化為唱幾節聖經；實際上，有一兩個人向國王建議，連這些神職也能免則免，但陶里茨不依。另外，兩位紅衣主教、巴黎大主教和其他主教就此為其高位「正名」了，因為每個禮拜做這麼幾分鐘彌撒的拙劣模仿，主要在他們本人眼裡可使教職級別合法化；於是他們忍受著一切，連續幾分鐘留在聖壇上，以便日後得到宴席上、豪華床笫上的幾小時獎賞。因此，他們從烏拉圭蒙得維的亞市走私放映機，帶進王宮的主意（瞞著國王幹的！），既是可怕的幽默，又是逼真的事實，跟這部悲喜劇其他的各種要素一樣，由於沒有什麼東西能夠從內部挑戰它，悲喜劇照演不誤。放映機在城堡的地窖裡放映女士不宜的影片，巴黎大主教（曾經擔任蓋世太保的司機漢斯·沙費特）盡地主之誼做起放映員，而索特恩紅衣主教（前派出所所長）則負責換片。

在這些人看來，萬物都可以互相和解，一切互相融洽，一切毫不奇怪，比如說，小說裡提某些人的夢境——難道毛特豪森第三集團軍的司令不是「全巴伐利亞收藏最多金絲雀的人」嗎？他沉思著回憶道，難道他沒有試著按照一個軍營頭領的建議來餵食嗎？那人告訴他，金絲雀吃人肉叫聲最動聽。這種犯罪行為達到了高度的忘我境界，要是人類犯罪的標準僅僅基於自我診斷，基於個體的獨立認罪，那麼在這本書中和我們打交道的就是**無辜**的前殺人犯。有可能索特恩紅衣主教知道一點，真正的紅衣主教不是這樣表現的，真正的紅衣主教信仰天主，很可能並不會到處強姦身穿白法衣協助彌

撒活動的印第安男孩，可是由於方圓四百英里之內再沒有別的紅衣主教了，這種想法並沒有使他過分不安。

　　假上作假，結果產生了這種增值的形式豐富性，照出人類行為的鏡子勝過了貨真價實的宮廷，因為它同時在兩個方面逼近真實生活。作者絲毫容不得誇張，主題裡的現實主義毫髮不損；像當眾人酗酒超過某個程度時，王家小隊元首總是會先退入寢宮，因為他知道，從前的獄卒作風會戰勝文雅的外表，醉態的打嗝很快會釋放出滑稽的淫詞穢語，其威力來自假冒的心態和現實之間的雲泥之別。陶里茨的天才——請允許我使用這個措辭，在於他有膽識，並且自命不凡地「結束」了本人所創造的系統。

　　這個系統存在著致命的內傷，非得憑藉與世隔絕才得以運作；現實世界吹來一口氣就會推翻它。年輕的貝爾特朗正是這樣一個潛在的推翻者，儘管他本人並沒有感到自己有力量動用那真實的沮喪嗓音去直呼這王朝中每個東西的真實名稱。貝爾特朗連想都不敢想可以用最最簡單的可能去解釋全部的情況。什麼？只是一個拙劣的謊言，一直維持了多年，按部就班地維護著，對常識嗤之以鼻——一個謊言，再無他事？是的，根本沒有；不如說這是種公共偏執狂或者某種不可思議的秘密遊戲，目的未知，但核心裡是理性的，充滿誠信、不可憾動的動機；絲毫不是簡單的，迷戀自身的謊言，自我陶醉，妄自尊大。我們所呈現的主題已經超出了貝爾特朗的把握。

　　於是，貝爾特朗立刻投降了，他由著他們給他披上王儲的服飾，由著他們教導他宮廷禮節，也就是說，那些基本的鞠躬、手勢、措辭，對他來說奇怪地熟悉。不過也沒有什麼可奇怪的，他也

70

看過令國王及其司儀深受啟發的廉價小說和野史廢話的。不過，貝爾特朗頑固不化，不知道自己的惰性、消極——這些對逼他逆來順受裝癡呆的局勢的本能抵抗行為，不僅觸怒了朝臣，而且觸怒了國王本人。貝爾特朗不想裡沒在謊言裡，自己又不知道為何要反對，於是只好用譏笑、諷刺，即貴賓常用的那些個高貴弱智話語對應。在第二場盛大宴席上，面對貝爾特朗貌似無所用心的影射，國王受了刺激。雖然小夥子並沒有立刻體味到本人語詞中暗藏的敵意，國王卻真的勃然大怒，向他扔來吃過的烤肉，於是宴會廳一半的人高興附和著，跟著發怒，從銀質盤子裡撿起油膩膩的肉骨頭擲向這個可憐蟲；另一半人不安地保持沉默，不知道陶里茨是給在場的人習以為常地布下了某種圈套呢，還是他與太子一搭一唱在演戲？

這裡，我們最最難以傳達的，在於儘管遊戲一點不刺激，表演又平淡無奇，一度是逢場作戲，如今卻甚囂塵上，不想終結了，不想是因為不能，不能是因為在此王國之外只有徹底的**虛無**（他們不能不做主教、親王、侯爵，因為他們無法回復到以前的職務，蓋世太保司機、火葬場警衛、營地司令，就像國王無法再變成黨衛隊小隊元首陶里茨一樣，哪怕他想這樣變）——因為本王國和朝廷儘管平淡無奇、庸庸碌碌（重複一遍），其間卻也同時顫動著無窮無盡的靈巧，相互的猜疑，就像一根繃緊、戒備的神經，允許人以虛假的形式從事真正的戰鬥和戰役，去詆毀國王的寵臣，去參劾別人，去暗暗爭寵。實際上，不是紅衣主教的紅帽子，不是綬帶和勳章、花邊、皺領、盔甲披掛，才引起這種地下工作，這種陰謀詭計的——你看，身經百戰、身歷千萬次謀殺的老兵，要虛構榮華富貴的服飾幹什麼呢？他們最大的共同心聲，正是伏擊、謀劃本身，讓敵

人在國王前面自我曝露而設下的圈套，使其從趾高氣揚的角色中跌個狗吃屎……。

這種鑽營，在宮廷舞臺上尋找正確的步驟；在亮堂堂的大廳裡，鏡子反射出他們打扮時髦的翦影，這場無休止的不流血戰爭（但在城堡的地窖裡可不一定不流血）是他們的存在理由。它給原本只是兒戲的狂歡節帶來了意義，那對於嘴上無毛的青年是合適的，對於熟知鮮血滋味的男子就不行了。……同時，可憐的貝爾特朗再也忍受不了單獨對付這整個難以啟齒的困境了；他就像撈救命稻草一樣地尋找親信，好把內心漸漸滋生的東西一吐為快傾訴出來。

因為（這是作者的另一個優點）貝爾特朗逐漸變成了這個瘋狂宮廷的哈姆雷特。從本能出發，他是這裡最後一個正直者（他根本沒有讀過《哈姆雷特》！），於是他下了結論，他的職責是發瘋。他並不懷疑他們統統都玩世不恭——他可沒有那麼點理性勇氣真那樣想。貝爾特朗自己不知道這一點，只希望做一點腳踏實地的事情，「在這不那麼骯髒的宮廷肯定可以收效的」：他的願望是把時常湧到嘴邊，燒到舌尖的話說出來，但到現在他知道，正常人不能那樣做，違者受罰。但要是他神志不清，啊，那就另當別論了！於是，他開始了，不是像莎士比亞筆下的哈姆雷特那樣，冷酷地裝瘋，不，他頭腦簡單，幼稚得很，有點兒歇斯底里，也就盡量變瘋，誠心誠意地牢記自己發瘋的必要！因此他要說出憋悶他的真話。……可是克里科公爵夫人，這個來自里約熱內盧的老妓女，卻喜歡上了這個小夥子，跟他上了床，教導他要學她從低賤的過去回憶起來的作風——也是她從某位夫人手裡學來的——嚴令他不得說

72

會讓他掉腦袋的話。她清楚，尊重精神病不負責任這件事，在這裡不存在；由此可見，這個老婦人打心眼裡希望貝爾特朗過得好。但被窩裡的那個對話，也讓公爵夫人證明她是爐火純青的婊子，儘管她已經不再完全能以婊子的身分跟他講話了（因為她智力有限，身埋宮中七年，學習了大量假斯文和繁文縟節），那個對話並沒有改變貝爾特朗的主意。他已經不在乎了。他要嘛發瘋，要嘛逃走。他解剖這裡人們的下意識，也許可以揭示，他們意識到外部世界已以缺席審判、徒刑、法庭等待著他們，這是一個無形的力量，激勵他們繼續遊戲；但貝爾特朗與他們的種種過去毫無共同點，他不想這樣。

同時，謀反陰謀進入了行動階段，如今可不是十個朝臣，而是十四個了，無所顧忌地，這些人買通了宮廷侍衛隊長，在子夜後闖入了國王的寢宮。在關鍵時刻，他們叛變的主要目的成了一場空：原來，金元真幣早就用光了，著名的「箱子第二格」裡留下的，全是假幣。國王對此瞭如指掌。真是沒有什麼可以爭奪的，但他們已經破釜沉舟。他們必須殺死國王，當他們在床底下的「金庫」翻箱倒櫃時，他一直坐在床上戴著鐐銬在旁觀。出於實際的原因，他們原本打算把他打死的，以免他追上來；現在他們則是出於仇恨氣憤而殺他，誰叫他用假寶藏引誘他們。

謀殺情節聽起來糟糕，卻必須承認，場面精彩得很；在準確的筆觸中顯露了大師手法。為了把老頭盡可能整得痛苦，繩索還沒有把他勒死，陰謀者們就開始用軍營伙夫和蓋世太保司機的語言呵斥他，那已是受詛咒的語言，該永遠逐出王國的。不過，在被害人軀體還在地板上抽搐的時候（使用毛巾的主題非常妙！），謀殺者們

恢復了鎮定，**回復**到宮廷語言，這倒不是他們故意的，只是別無他法：金元是假幣，沒有什麼可以裹挾走了，也沒有理由要逃跑啊，陶里茨已經把他們綁在了一起；儘管他自己已經喪生，卻不會讓一個人脫離他的國度！他們必須同意繼續玩遊戲，尊崇「老國王駕崩，新國王萬歲！」的座右銘——即時即地，他們必須在屍體旁邊選立新國王。

後面那章（貝爾特朗躲在他的「公爵夫人家」）寫得弱多了。但最後一章，騎警巡邏隊前來城堡敲門了，小說最後一幕，偉大而靜默，是個漂亮的收場。吊橋、警服皺巴巴的騎警，腋下槍套裡別著左輪手槍，寬邊帽子斜向一邊，對面是半身盔甲、手持戟的衛兵，雙方都驚奇地瞪著對方，就像兩個時代，兩個世界不可思議地聚到了一起……在吊門的兩邊，沉甸甸的吊門緩緩拉起，嘎吱聲響徹雲霄……這個大結局確實不辱沒整部作品！不過，作者忽略了他的哈姆雷特——貝爾特朗；他沒有利用那個人物身上大好的機會。我不會說他應該讓此人死掉，莎士比亞悲劇無須成為典範，但是很可惜他讓機會錯過了，這個偉大可能被忘卻了，忘卻這人存在於人類善意的平常心之中。可惜啊。

74

5 她好像在，又不在——
《虛無，又名後果》裡的語意考驗

索朗熱・馬里奧 Solange Marriot / 巴黎，正午出版社（Editions du Midi）

虛無，又名後果
Rien du tout, ou la conséquence

　　《虛無，又名後果》不僅僅是索朗熱・馬里奧太太的處女作，而且是世上達到「寫作極限」的第一部小說。它還不只是藝術傑作，假如真要給它一個名稱，我會稱它「體面傑作」。體面的需求是令當今所有文學都頭痛的問題。因為文學的主要病痛都來自於這個壞名聲：人不能既做作家，又做完完全全、不折不扣的體面人。一旦領悟了文學的真諦，就會產生一個病痛，好像敏感的孩子初次得知男女奧妙時染上的那種情緒。孩子的震驚是一種對於人體生殖現象的內心反抗，他們從美學的立場似乎想對此事譴責一番；而作家的羞恥和震驚則來自一個體會——即寫作時不可避免地要撒謊。世上存在著道德上勢在必行的謊言（比如醫生對得了不治之症的病人說謊），但文學謊言不屬於這一類。總有人要當醫生，於是總有人必須在行醫時說謊，但世界不存在非讓鋼筆親近白紙的必要性啊。人類過去沒有這種尷尬，因為寫作沒有自由；信仰時代的文學不說謊，只服務。而且它從必要的服務活動中解放出來以後，還

造成了危機，當代文學的表現往往不是可憐兮兮，就是無比下流淫穢。

可憐兮兮，因為小說講到底就是一半坦白，一半假話。這裡面包含了一個以上——甚至可說是很多數量的謊言渣屑。之後的文人也察覺到這一點，便更多著墨於描述**寫作方法**，反倒損害了寫作內容本質：說故事。這種寫作方法循下降曲線最終到達像史詩文體一樣無能的地位。故每當小說邀請我們踏入其更衣室時，這種邀請總是可疑的——小說沒提出什麼實質建議，但卻開始以調情，打情罵俏代替撒謊——就好像跳出煎鍋，投入火坑。

反小說的努力益加激進，它千方百計表白，它不是任何東西的幻象。儘管「私小說」的寫作者就像一位跟公眾展示袖中物的魔術師一樣，但反小說不當這是藉口，哪怕是自揭秘密的魔術師也一樣。於是怎麼樣呢？它承諾什麼都不交流，什麼也不說，一點也不指稱，僅僅只在意**存在**，就像一朵雲彩，一張桌子、一棵樹木。這理論上很完備。不過，它失敗了，因為不是人人都能一下子變成天主，變成自主世界的創始者，而作家也肯定不能。決定失敗的因素是「上下文脈絡」問題，我們靠說的話維繫著意義，而它是完全**難以名狀的**。在天主的世界裡沒有上下文，因此只能用同樣自我完備的世界來成功取代。你盡可以頂頭倒立，但在現實世界永遠不會成功的——至少語言上行不通。

了解文學本身不體面的致命缺陷之後，還有什麼可說的呢？我們可以看見私小說只是局部的脫衣舞；反小說在事實本身（哎呀！）就是一種自我閹割。就像對於自己的性功能良心發現而暴跳如雷的苦行派（Skoptsi）一樣，反小說對自己做了可怕的手術，支

解了傳統文學不幸的肌體。接著剩下的無非是一種虛無的浪漫而已。因為就**虛無**撒謊（眾所周知，作家必須撒謊的），當然就不再是說謊者了。

於是，必須寫**虛無**——這就是後果。這樣的寫作任務能有什麼意義？寫**虛無**——難道不是和不寫一樣嗎？然後呢？……

法國作家羅蘭·巴特（Ronald Bathes）寫了篇如今已不那麼新鮮的文章〈寫作的零度〉，他卻對這種情況一無所知（儘管此文機智聞名遐邇，作者的智力卻膚淺）。他並沒有理解，文學始終是讀者心頭的寄生蟲。文學裡的愛情、樹木、公園、歡息、耳痛——讀者是理解的，因為讀者經歷過。當然，有可能用一本書重組讀者腦袋裡的家當，但也僅限於閱讀前「已經有些家當」的讀者。

技工、醫生、建築工、裁縫、洗碗工這類現實工作者可並非寄生蟲。相比之下，作家生產什麼？模仿品。這是嚴肅的職業嗎？反小說一派希望仿冒數學；當然數學是不產生現實的東西的！說得對，可數學並不撒謊，它僅僅做必須做的。它在必然性的限制下運算，並不心血來潮地杜撰；它使用已知的方法，所以數學家的發現是真實的，而且照此方法做如果結果會矛盾時，其恐懼是貨真價實的。由於作家並不按必然性運作，自由自在，他只能和讀者悄悄地私了；他敦促讀者善意地假定……要相信……要承認其價值……但這是遊戲，而不是數學家那種藉此發達的甜蜜戰役。徹底的自由就是文學的徹底癱瘓。

我們談到哪去啦？是索朗熱太太的小說呀。我們先從她這個漂亮的名字開始，「索朗熱」就有各種讀法，端視上下文決定。法語裡的意思是太陽（Sol）和天使（Ange），德語裡它是指「一

段時間」（so lange——那麼長）。你看，語言的絕對自主真是一派胡言；人文主義是出於幼稚才相信它的——只是控制論者與這種幼稚無緣。否則我們用機器來翻譯也應該忠實可信啊！在詞語、句子本身的塹壕邊界內，它們是沒有意義的。波赫士在他寫的故事：〈《唐吉訶德》的作者皮埃爾‧梅納爾〉（Pierre Menard, the Author of Don Quixote）中接近了這種境況。波赫士描述了一個文學狂人，怪人梅納爾經過充分的心智準備，也寫了本《唐吉訶德》，逐字逐句，不是抄襲塞萬提斯，而是——神乎其神地——全副身心沉浸於後者的創作情境之中。而波赫士小說觸及的秘密在於如下的段落：

比較一下梅納爾和塞萬提斯的文字，真是令人大開眼界。例如，塞萬提斯（《唐吉訶德》第一部第十九章）：「……真相以歷史為母，那是時間的敵人、行跡的寶庫、過去的見證、現在的模式和警示，未來的教訓。」

此目錄出版於十七世紀，由「門外漢才子」塞萬提斯創作，就是歷史的禮讚。而梅納爾寫道：「……真相以歷史為母，那是時間的敵人、行跡的寶庫、過去的見證、現在的模式和警示，未來的教訓。」

歷史作為真相之母，這個觀念非同尋常。梅納爾與威廉‧詹姆斯（William James）同時代，並不把歷史說成對現實的研究，而是說成現實的源泉。他認為，歷史真相不是已經發生的事情，而是我們認為已經發生的事情。他的結論這麼說——現在的模式和警示及未來的教訓——這種觀念大膽務實。

這已經超出了文學幽默和取笑了，而是純粹的真相，而該觀念本身（**再度書寫**《唐吉訶德》！）的荒誕性絲毫不減其真實性。其實，令每個句子充滿意義的，是特定時期的「語境」；十七世紀的「無害文辭」到了我們的時代便實實在在具有了玩世不恭的意義。句子**本身**是毫無意義的；這不是波赫士開玩笑決定下來的；歷史的時刻決定著語言的意義，這是無可改變的現實。

現在談談文學。它有關我們的一切必定被證明為謊言，而不是文學真相。巴爾扎克的戲《浮居靈》（Vautrin）和浮士德的魔鬼一樣子虛烏有。文學提及老實的真相時，文學就不成為文學了，而成為日記、新聞、檄文、預約簿、信箚，隨便什麼，獨獨不是藝術性文字。

在這當口，索朗熱太太的《虛無，又名後果》應運而生了。書名呢？虛無，又名後果？什麼的後果？顯然是文學啦；要文學表現得體面，也就是不撒謊，相當於讓文學消失。**碩果僅存的會是**：如今仍然可能寫作一本**體面**的書。因不體面而起的羞澀不再起作用了，昨天還行，但我們現在認出了這件事的原貌：這是老練脫衣舞女的把戲，用普通的姿勢，在褪下內褲時惺惺作態，低頭凝眸，就像學生小子一樣侷促不安——這樣反而更能刺激全場看客！

好啦，主題已定。但虛無怎麼寫作？有必要寫，卻又不可能。就先說說「虛無」是什麼吧？把那詞語重覆千遍？或難道是開篇時這麼寫：「他沒有出世，也就沒有名字；為此，他並沒有考試作弊，後來也沒有捲入政治鬥爭」——這種作品只會是噱頭，不是藝術作品，就像眾多的以第二人稱寫作的書；其中任何一本很容易被踢出這種「獨創性」，不得不打回原形。所有需要做的，就是把第

二人稱改回第一人稱。這種做法並沒有對此書進行任何歪曲，也絲毫沒有加以改動。對於我們所虛構的例子也一樣——去掉否定詞「沒有」，所有那些乏味的「不」、「也不」就像冒牌虛無主義的天花一樣，把我們即興創造的文本弄得斑斑點點；顯而易見，這裡一篇小說，跟許多故事一樣，在講侯爵夫人五點時離開家。但若說她並沒有離家——這還真是大開眼界！

索朗熱太太並沒有被這種把戲所矇騙，她懂得（她想必懂得的！），確實可以用「非事件」描述一個故事（比如愛情故事），其效果不亞於用事件呈現，不過這種手段僅僅是權宜之計。我們得到的不是相片，而是一模一樣的負片，僅此而已。發明的本質肯定是本體論的，不單單是語法上的！

我們說「他沒有取名，因為他沒有出世」，這時肯定是超出了存在的範圍，但踏入的僅僅是非存在的稀薄隔膜，緊緊貼著現實。他沒有出世，但原本可以出世，沒有作弊，但原本可以作弊的。他要是存在，就可以無所不做。作品將完全有賴於那個「原本」的可能性。這種麵粉是無法用來烤麵包的，無法利用這種辯證法從存在跳到非存在。因此，必須離開那原始否認的隔膜，行動否定式的隔膜，以便投入虛無，長驅直入，義無反顧，當然不是盲目的；越來越強烈地減化非存在——想必是種苦勞，需要大力氣的；藝術有救了，因為這裡牽涉到一場全面的遠征，要奔向越來越精確、越來越大的「虛無」的深淵，從而是一個過程，其間戲劇情節的突變、其鬥爭是可以描述的——只要它成功就行！

《虛無，又名後果》的第一個句子是，「火車沒有到站」；第二個句子是「他沒有來」。於是，我們遭遇了否定式，但究竟否定

了什麼呢？從邏輯的角度看，這是全稱否定，文本在存在判斷上一點也沒有肯定什麼；其實，它完全侷限於**沒有發生的事**。

然而，讀者比正宗的邏輯學家更加脆弱。所以，儘管文本隻字不提，讀者的想像中不由自主地喚起了某火車站發生的場景──一場「接的人沒有來」的場景，由於讀者知道作者的性別，然後，接人不果立刻染上了豔遇的預期。這裡面有什麼？應有盡有！因為這些猜測的全部責任，從第一個單詞開始就由讀者承擔。小說沒有一個單詞證實他的期望；小說在方法上是體面的，且保持了體面。我聽人說，它在某些地方有赤裸裸的淫穢情節。好的，但小說沒有一個單詞伸張任何形式的色情，天地良心，白紙黑字地聲明了家中既沒有《愛經》，又沒有任何人的性器（那些都特意作了否認的！），還怎麼可能做這種伸張呢。

「非存在」在文學中已經廣為人知，但僅止於一種「缺乏感」的階段──就像是「什麼人缺了什麼」這種關係。例如，渴的人缺水。饑餓（包括性饑渴）、孤獨（缺他人）等等也是。法國詩人梵樂希（Paul Valéry）筆下美輪美奐的非存就迷惑了該詩人，使他的作品缺少了存在物；他的多部詩作就是架構在這種虛無之上的。但這種非存在始終專屬於某人的虛無問題，純粹私人、個體層面上體驗的非存在，從而是特殊的、虛幻的，而不是本體上的（饑渴的我無法喝水時，畢竟並不意味著缺水──只是水籠統地不存在似的！）。這種不客觀的虛無不能成為激進作品的主題：索朗熱太太也懂得這一點的。

第一章中，火車沒來、某人未現身之後，敘事繼續其無主角的行程，揭示季節不屬於春、冬、夏。讀者確定了秋季，但僅僅由於

最後這氣候的可能性沒有被否掉（它也會否掉的，只是在以後！）而已。為此，讀者常常回溯到自己身上，但那是他自己的預期、自己去猜測問題，假設他就事論事的話。小說中連提都沒有提及這些。誠然，第一章末，想到無引力空間（即沒有吸引力的空間）中那個未被愛戴的女主角，顯得有點誨淫——卻也只是對自己私下去想某些東西的人是如此。作品只是記述這個沒有人愛戴的人處在特定的位置上不能做的事情，而不是她能夠做什麼。這個部分的假設可能又變成要閱讀者個人參與了，結果完全是由讀者自認所得（或者所失，看他怎麼看了）為何。作品甚至強調說，無人愛的人身邊沒有任何種類的男性在場。反正下一章開門見山就透露，這個無人愛的之所以無人愛，理由很簡單：她並不存在。這完全合乎邏輯——難道不是嗎？

接著開始空間縮小的戲劇，陽具陰道空間也縮小了，這就造成某位隸屬學院成員的批評家的不悅。他認為這「即使不粗俗，也是解剖學的噁心事」。請注意，這批評完全是他自己獨立發現的，因為文本中只出現了更多的累進否定詞，而且越來越籠統。假如缺乏陰道還能夠傷害某人的感情，那麼我們確實做得過分了。子虛烏有的東西怎麼具有低級趣味的呢？！

然後，虛無之坑儘管淺露，卻開始更喧鬧了。本書的中半段（第四章至第六章）講意識。對，意識之流，不過我們漸漸意識到，這可不是關於虛無的思想之流，這太老套落伍。這可是無思想之流哪。句法本身絲毫未動，沒有觸動，未受損害，就像歪歪扭扭的危橋，承載著我們跨越深淵。多麼深的空虛啊！但——我們推理著——意識即使不思考也還是意識呀，對不對？由於這種不思考

84

具有限度……但這是錯覺，限度是由讀者自己創造出來的！該文本並不思考，沒有給予我們什麼東西。相反，它接二連三地取走原來仍屬於我們的財產，閱讀它發生的感情，恰恰是這種殘酷減少的結果：真空恐怖（horror vacui）既引誘我們，又打擊我們；於是，閱讀不是對小說謊言世界的破壞，而是讀者本人作為心理存在的湮沒形式！是個女人寫了這本書嗎？難以置信，看它的邏輯多無情啊。

作品最後部分，則出現了能否為繼的疑問，畢竟撐了這麼卻什麼都沒說了！眼看也似乎無法進一步走向非存在之中心了。非也！又是一個圈套，又一次爆炸——毋寧說這是內爆，又一個虛無塌陷了！敘事者——我們知道沒有敘事者的；他由語言代替了，它本身**通過他**來說話，就像想像中的「它」（電閃雷鳴的非人稱主語）。倒數第二章裡，我們昏頭昏腦地發現，否定的絕對值達到了。某人坐某趟火車不出現的事情，在不存在的季節、天氣下，沒有牆壁、公寓，沒有面孔、眼睛、空氣、身體，所有這些遠遠落在我們背後，在表面上，我們更進一步就會腐蝕掉這個表面，那像癌細胞一樣無所不吞噬的虛無，已經讓表面停止存在，**哪怕作為否定詞**。我們看到，自己多麼頭腦簡單、天真幼稚、滑稽可笑，去盼望這裡將提供某種事實，有某些事情會發生！

因此，這是一種簡化，歸零僅僅是起步；後來，隨著否定超驗的投射沉入深淵，還發生了超驗實體的簡化，因為現在已經不可能有形而上的系統了，而青年期中心仍然在我們眼前若隱若現。真空接著在四面八方包圍了敘事文；看哪，語言本身之中，有了它的第一次踏入、闖入。敘事的聲音開始懷疑自己了。不，是我表達不善：「自己講述自己的東西」崩潰了，在某處消失了；它已經知

虛無，又名後果　Rien du tout, ou la conséquence

道，它自身並不存在。假如它還存在，那只是影子，乾脆說是缺乏光線；所以這些句子就是缺乏存在。它不像沙漠中缺水，不是姑娘缺乏情郎，而是**缺乏自我**。如果這是以經典的、傳統的方式寫作的小說，我們就容易說出發生了什麼：主人公就是那種漸漸懷疑自己的人，他既不能證明自己，也不在夢想自己，而是被夢想、被證明——由某人通過隱隱密的刻意行為實現（彷彿他在夢中出現在某人面前，只能靠做夢人而臨時存在）。由此會油然產生一種擔心，刻意行為會停止，它們當然可以隨時停止的——從而他會隱遁的！

平庸的小說也就是這麼回事了，但索朗熱太太並不這樣：此書的敘事者不會害怕任何東西的，因為大家知道，這裡沒有敘事者。然後呢？語言本身開始懷疑，接著是懂得，除了自己一無所有，而由於對任何人、每個人具有意義（就算它有意義），它就此現在不是，過去不是，也不可能是一個個人運算式；這個語言立刻從眾人口上切下，就像大家排除的縧蟲，吞噬宿主的通姦寄生蟲，早就殺死了他們，連身上不知不覺犯下的全部犯罪記憶，也已經抹去了，滅跡了。這個語言就像氣球的外皮，直到現在仍結實而有彈性，空氣卻無形地、越來越快地逃逸，並開始萎縮。然而，言語的這種遮掩不是通天塔，而且不是害怕（再說一遍，只有讀者害怕，對那個外在的、完全非人性化的折磨彷彿感同身受）；還有幾頁，還有一會兒，尚保留著語法機器，名詞的里程碑，句法的齒輪越來越慢地碾出虛無來，儘管虛無徹底腐蝕著它們，但始終精確得很；它就這樣結束了，在半句中間，在單詞中間……。小說並沒有結束：它停止了。起先幾頁語言很自信，幼稚、健康而知趣地相信本身的主權，接著變節，水下逆流默默侵蝕著它，或者說，語言得知其外在

非法來源、其腐敗濫用的真相（這是文學的末日審判），漸漸體會到它代表著某種亂倫——非存在和存在的亂倫結合，便自殺了，聲明與自己斷絕關係。

真是個女人寫了這部小說嗎？太異乎尋常了。它本該由數學家寫的，但只能是一個用數學來證明並且詛咒文學的人。

6 言之鑿鑿的假惺惺——
費爾森蓋德為何要在《逆默示錄》裡偽善

約阿幸・費爾森蓋德 Joachim Fersengeld / 巴黎，子夜出版社（Editions de Minuit）

逆默示錄

Pericalypsis

　　一個德國人費爾森蓋德卻用荷蘭語寫了《逆默示錄》（他在〈引言〉中親口承認對荷蘭語不在行）。本書並且在法國出版，而法國編輯的校對劣等可說是惡名昭彰。嚴格地說，本文的作者也不懂荷蘭語，但根據書名、英語引言和文本中不時出現的若干可辨認的詞語，我斷定自己尚可勝任當這本書的評論家。

　　費爾森蓋德並不想成為知識分子──這年頭任何人都可以當知識分子的。他也不奢望冒充文學家。價值崇高的創作大凡存在於要嘛來自媒體，要嘛來自大眾有反抗心理時。但自從宗教禁令和官方檢查土崩瓦解之後，什麼都可以說，簡直無話不談，而且隨著字字計較的敏感聽眾消失，大家可以對任何人喊任何事情，文學及其人文主義的親戚統統成了行屍走肉，日益腐朽，而其最近的親屬卻對此事諱莫如深。為此，應該尋找新鮮的創作地帶，即我們可以發現「抵抗」的地方，給文學場景增加威脅和風險要素──並從而增加份量和責任。

89

這種領域，及這種活動到今天非「預言」莫屬了。由於預言家沒有希望，也就是他預先知道，世人不會聽他講完，不會承認他、接受他，他應該先驗地安居在緘默的地位。費爾森蓋德原本是德國人，用荷蘭語夾帶英語的引言對法國人講話——緘默的程度就像默不作聲的人。費爾森蓋德開始按自己的假設行事。他說，我們強大的文明，努力生產著盡量不經久耐用的商品，而產品的包裝卻盡可能經久。不經久耐用的商品必須很快由新產品取而代之，這有利於經濟；另一方面，經久的包裝加大了廢棄處理的難度，可促使技術和組織更上一層樓。所以，消費者在個人層次上要對付一件件接踵而來的垃圾，而處理包裝物需要專門的環保計劃，衛生工程啦，以及為了處理這些事務間的各方協調啦，規劃啦，污水淨化和除汙處理廠啦，等等等等。先前，人們可以打包票，自然力——比如說風雨、江河、地震，足以把垃圾的堆積限制在合理的水準。但現在，曾經沖刷垃圾的東西本身成了文明的排泄物：江河毒害我們，大氣燒灼人的肺部和眼睛，大風把工業塵埃撒到我們頭上，至於塑膠容器，那是有彈性的，連地震都拿它無可奈何。於是，今天人們常見的風景是文明的糞便，而自然保護區是暫時的例外。在這由產品上褪下來的「包裝風景」裡，人群熙熙攘攘，埋頭於「開包裝消費」的生計，還醉心於那最後的自然產品——性交之中。可性交也被賦予了大量的包裝，衣著正是為此，別無它用；它們無非是展覽啊，玫瑰花啊，口紅啊，林林總總的廣告包裝。就這樣，文明只有處於那些零零碎碎的狀態才值得敬仰，比如心臟的精確度就值得敬仰，還有有機體的肝臟、腎臟、肺臟啦，因為這些器官的高速工作合乎情理，而由這些完美部件構成的軀體，其整體活動卻毫無道理可言

90

——猶如那是瘋子的軀體。

本書這位預言家也宣布，在精神物品領域也發生著同樣的過程，因為龐大的文明機器上，螺絲已經鬆脫，蛻變成了對眾繆斯的擠奶機。比如，它把圖書館塞得爆滿，令書店和雜誌報攤書滿為患，電視螢幕比比皆是，堆積如山，數量超多，光是其數量上的巨大就能致人於死地。如果在撒哈拉沙漠找到四十顆砂礫就意味著拯救全世界，卻硬是找不到，就像尋找早就寫下卻埋沒在浩瀚的垃圾堆裡的四十部彌賽亞救世書一樣。這些書毫無疑問是寫了的，智力勞動的統計數字對此下了保證，這是費爾森蓋德用荷蘭語以數學語言解釋出來的，我這個評論家儘管既不懂荷蘭語，又不諳數學語言，也必須如實復述。於是，我們在靈魂沉浸於上天啟示之前，先要埋頭於垃圾堆，而前者比後者的數量多出四十億倍啊。不過，大家的腦袋早已經埋進去了，預言家宣稱的事情已經發生，只是大家匆匆忙忙的，沒有人注意罷了。於是，預言已經成了馬後炮，所以本書因此題名「逆默示錄」，而不是「啟示錄」了。它的進展（回顧）我們可通過「符號」來探測：通過萎靡不振、枯燥無味、麻木不仁，還有加速度、通貨膨脹和手淫來從事。「智力手淫」就是滿足於以承諾代替兌現：首先我們被廣告徹底地實現性交中斷，那種墮落的啟示形式是「商業創意」的手段，而不是「個人創意」；然後自慰式的表現方法盛行起來，並主宰了其他藝術式。這一切是由於對「商品」救世力量的信念，比相信上帝的效能更加有效果所致。

才幹溫和地增長，它天生成熟得慢，仔細去蕪存菁，在事事關心和洞察一切的趣味範圍內自然選擇——這是過去「無後而亡」的

時代現象。仍有點作用的最後一種刺激，是個強有力的狂叫；但隨著越來越多的人狂叫，用上了越來越大的擴音器，靈魂倒來不及了解人們在叫什麼，耳膜就已震碎了。那些古代天才的名字，提起來越來越徒勞無功，早已成為空泛的聲音，到頭來是「彌尼，彌尼，提客勒，烏法珥新」（mnne mene tekel upharsin）[1]，除非按費爾森蓋德推薦的辦法。我們應設立「拯救人類基金會」，就像國家會因應「金本位制」而儲備的一百六十億元那樣，年利率四％。這筆資金應該分配給所有的創造者——發明家、學者、工程師、畫家、作家、詩人、劇作家、哲學家、設計師等。使用的方法如下：不寫作、不設計、不畫畫的人，既不獲得專利，又不提出建議書的人，可享受終身津貼，大約為每年三萬六千元。做上述事情者，其年收入則要被相應扣除。

《逆默示錄》裡還有一個完整的資料表格，詳載了每種創造形式要扣除多少。每年提出一項發明，或者出兩本書的，將分文都拿不到；有三個書名者，創作費用須完全自掏腰包。這樣，只有真正的利他主義者，只有精神的苦行僧，毫不利己，卻熱愛鄰居，才會去創造，唯利是圖的垃圾生產將銷聲匿跡。費爾森蓋德是現身說法，因為《逆默示錄》是自費出版的——當然會賠錢！他很清楚，「無利可圖」並不意味著「徹底毀滅創造性」。

利己主義還會為貪財加上名勢，為了制止人們沽名釣譽，費爾森蓋德的「拯救綱領」引入了創造者要徹底匿名的制度。同時為了預防庸才申請津貼，「基金會」將通過適當的機構審查當事人的資格。申請者所提想法的實際優劣無關緊要。唯一要緊的是，他提專案是否有商業價值——也就是能否賣掉。如果能，則立刻發津貼。

92

對於地下創造活動則設立了懲罰制度,由「安全把關」機構在法律訴訟的框架內採取反制措施;同時還引入了新的警察形式——Anvil(反創造預警團〔Anticreative Vigilance League〕的縮寫)。根據刑法,任何暗中寫作、傳播、窩藏,哪怕僅僅默不作聲地公然傳抄任何創造成果的人,目的是從中牟利或者沽名釣譽,都要受到監禁、強迫勞動的懲罰,若是屢教不改,則要囚於暗室,睡硬板床,每逢犯罪的周年,都要遭杖責。若把這種觀念滲透進社會的共識裡,對人類生活帶來的悲慘效果不亞於汽車、電影、電視等洪水猛獸的禍害,所以法律規定了最高刑罰為極刑,包括帶枷示眾和強制使用本人發明的無期徒刑。而且犯罪未遂也要懲罰,預謀犯罪須帶上羞辱標記,在額頭蓋戳記,以無法抹去的文字標明「人類公敵」。然而,書寫狂因其不計名利,故稱為「頭腦錯亂」,不得懲罰,不過罹此疾者對社會安定構成威脅,要從社會上清除,關在特殊的機構裡,施予人道的待遇,大量供應墨水和紙張。

顯然,世界文化根本不會因這種國家管制而受損,反而會蒸蒸日上。人類會回到自身歷史上的堂皇鉅著;因為雕塑、繪畫、戲劇、小說、小玩意兒、機器的數量很多,足以滿足幾百年的需求,也不會禁止任何人作出所謂「劃時代的發現」,條件是留給自己享用。

就此撥亂反正,也就是拯救了人類之後,費爾森蓋德著手解決最後的問題:如何處置已經出現的巨量精神品庫存?作者具有非凡的文明志向,說二十世紀已經創造的東西儘管也有偉大的智慧珠璣,總體上卻一錢不值,因為在垃圾的海洋裡是找不到這些珠璣的。於是,他呼籲銷毀一切,把以電影、畫刊、郵票、歌曲、書

籍、科學論文、報紙形式出現的所有東西一次性消滅，此次行動將是真正的奧吉亞斯牛圈（Augean Stables）[2]革新除弊行動——將人類歷史賬目裡的「貸方」、「借方」全面軋平。（其中銷毀的將包括原子能知識，從而消除當今世界的威脅。）費爾森蓋德指出，徹底焚書，乃至焚燒整幢整幢圖書館，他自知是卑鄙無恥的。但歷史上的宗教裁判所，比如第三帝國所做的事，是因為他們想要反動才可恥。這完全取決於焚毀的理由。於是，他提議搞個救命性裁判所，宣揚進步的，贖救性的理念。由於費爾森蓋德是個自始至終說一不二的預言家，他在書結尾時並命令讀者先撕毀、再焚毀本預言。

7

小說的「真」有多重？
由《白癡》論寫實主義的不可承受

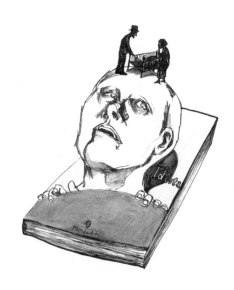

吉安・卡洛・斯帕蘭紮尼 Gian Carlo Spallanzani /
米蘭，蒙達多里出版社（Mondadori Editore）

白癡
Idiota

　　義大利人裡確實有一個我們朝思暮想的那種青年作家，他說話中氣十足。以前我擔心，年輕人會被專家的隱密虛無主義所感染；專家們宣稱，所有的文學「已經寫就」，如今只能在老文豪的宴席上撿些殘羹剩飯了，這些一鱗半爪叫做神話或者原型。這些個創作趨於貧瘠（太陽底下沒有新鮮事）的預言家，不是出於順從才說教的，分明是數百年望眼欲穿，「藝術」卻千呼萬喚不出來的前景，使他們充滿了變態的滿足感。他們怨恨今日世界的技術上升，希望向壞處走，就像小姑子獰笑著樂見因愛情而魯莽結成的婚姻最後破裂。如今也有了一批文學上的珠寶雕刻師（如卡爾維諾就是傳承了徹里尼[1]，而不是米開朗基羅）；還有一批羞於自然主義風格的自然主義作家，自稱正在進行力有未逮的書寫（如莫拉維亞[1]）。我們找不到真正創作上勇氣可嘉的人了。這種人很難找到的，因為現在人人可以充當叛逆者，只要臉上有兇猛的鬍子就可以。

　　青年散文家斯帕蘭紮尼十分大膽，大膽到了冒失的地步。他假

97

裝把專家意見奉若福音，到頭來只是向他們丟爛泥巴。他寫的《白癡》不僅僅引據杜斯妥也夫斯基小說的標題，而是還有更進一步的意義。我不知道別人怎麼想，我個人覺得，見過作者的臉，就容易談論一本書了。斯帕蘭紮尼在相片裡並不給人好感，這個小夥子其貌不揚，額頭低低的，水泡眼，又黑又小的眼珠子帶著怒氣，精巧的下巴，看了令人不舒服。這人小鬼大，狡黠、小氣的傢伙，莫非是大放厥詞、披著羊皮的狼？我找不到好詞來描述，但我仍堅持第一次閱讀《白癡》時的印象：書裡頭的背信棄義可以自成一體。他會不會是化名寫作呢？因為歷史上，另一個偉大的斯帕蘭紮尼是個活體解剖者[3]，而這個三十歲青年也是。難以置信，這兩人同姓居然純屬巧合。青年作者臉皮厚，他給《白癡》寫了一個引言，外表坦率，說了他放棄創作的原意——他原想重寫《罪與罰》；並把它改名為《索妮亞的故事》（*Sonya's*），他會用第一人稱來寫原著中馬爾美拉多夫的女兒。

　　他解釋了自我克制的原委，因為他不想損害原作，這麼說顯得厚顏無恥，卻不無魅力。儘管是違心之論——他將不得不（他如是說）貶損杜斯妥也夫斯基替光彩照人的妓女立的雕像。索妮亞在《罪與罰》中時斷時續出現，是「第三人稱」；第一人稱的敘事就需要她不斷地出現，即使在她的上班時間，而那種工作非比尋常地觸及靈魂啊。身體墮落的經歷並不觸及她精神純潔的原理，這一原理就不可能保全了。作者以這種褊狹的方式為自己辯護，根本不去處理真正的問題——《白癡》。這已經是表裡不一了：而他也如願以償，給我們看了大趨勢；他的厚顏放肆表現在閉口不提那必要性，一種逼迫他採取杜斯妥也夫斯基用過的主題之命令！

書中的故事是寫實主義的，就事論事，起初似乎安排在平淡的散文層次。一個普普通通的家庭，家境小康，夫妻倆還算體面，但有德無才，生養了一個智障孩子。他就像普通的孩子，表現出前程美好的跡象，第一次開口，呀呀學語時產生的副產品──無意間發出的獨創詞語，被父母呵護有加地保存在記憶的寶盒裡。尿布裹身時發出的那些樂呵呵樸實動作，裝在實在的噩夢框架內，標記出「可能發生」和「已經發生」之間的幅度。

　　這孩子是白癡。跟他一起生活，照料他，是一件痛苦的事情，由於出自愛心，那就越發殘酷了。父親差不多比母親的年紀大了二十歲，有些夫婦遭遇類似情況會再試一次。書中看不出有什麼妨礙了這種行為，無論是生理上的，還是心理上的。儘管如此，可能是出於愛吧。正常情況下，愛是絕不可能出現這種放大的。恰恰由於是白癡，那孩子使其父母成就了奇蹟。他使他們人格昇華的程度，不亞於他不正常的程度。這本來可以成為小說的意義，它的主題，但它僅僅是個前提。

　　父母與外界接觸，與親戚、醫生、律師打交道的時候是普通人，內心煩惱不堪，但很克制，這種處境已經持續多年了嘛，時間足夠他們對自己的處境泰然自若！他們絕望、希望，奔赴省會首府找最好的門診專家──找這種事的時期早就過去了。父母已認識到，事情已經無能為力了，他們不再妄想了。現在去找醫生、律師，是為了在自然保護人不在時，白癡能確保某種體面而持久的生活方式。他們必須確保訂好遺囑，保護遺產。事情辦得緩慢，冷靜，經過深思熟慮。他們如此沉悶而顧慮重重：天底下再沒有更自然的事情啦。不過，他們回家後，三個人獨處，形勢頓時大變，可

以說，快得就像演員登臺亮相。很好，但我們不知道舞臺在哪裡。現在就要透露了。他們之間從來沒做過什麼安排，連一句話都沒有說——那在心理上是不可能的——父母多年來創建起了一個解釋白癡行動的系統，並且發現那些行動在各種情況下，從各方面講都是有理性的。

斯帕蘭桑尼發現，這種行為模式起於正常行為。當然大家知道，溺愛嬰幼兒的那一撮人，對孩子的反應和說話，會盡可能琢磨。對於那些不假思索的模仿言語，賦予意義；在其語句不通的嘟嚷中發現智慧，乃至才智；孩子的心靈不可企及，給觀察者提供了巨大的自由，特別是溺愛的觀察者。對白癡行動的合理化解讀，想必是這樣開始的。父母當然會爭先恐後地找出蛛絲馬跡，表明孩子話越講越好、越講越清楚，而且他一直在進步，並積極地對孩子傳達好脾氣和愛意。我一直以「孩子」相稱，而好戲開場時，他已經是十四歲了。那想必是什麼樣的系統性誤解啊，必須調動什麼樣的理由，什麼樣的解釋——瘋狂到了滑稽的地步——才能挽救這個虛構呢？因為現實始終不懈地在辯駁著它。好，這些都可以辦到，而父母為白癡所做的犧牲，就在於這種行動了。

他們必須徹底與世隔絕。世人沒有什麼可以給他，不願意幫助他；對他沒有用處，所以——對呀，是世人對於他，而不是他對於世界有什麼用。他的行為的唯一解釋者，父母，必須得到啟蒙；這樣，一切方能夠轉換。我們無法知道，白癡是殺死了臥病的奶奶，還是使她安樂死了；不過，可以把不同的旁證並列起來的。他奶奶不信任他（也就是不相信他父母確立的那個版本——的確，我們無法瞭解，她的「不相信」那白癡能感悟多少）；她得了哮喘，發

作時的呼喘和咯咯聲哪怕用毛氈堵門縫都無法封住；哮喘嚴重發作時，他根本睡不著，令他怒不可遏；當時發現他時，他平和地躺在死老太房裡的床腳跟，而床鋪上老太太的屍體已經僵冷了。

事發後先把他抬到托兒所，只有此時父親才顧及自己的母親。父親懷疑什麼了嗎？我們不得而知。父母沒有提及這個問題，因為某些事情做歸做，卻不說出來的；彷彿他們意識到，任何即興創作都有限度，每當他們迫不得已從事「那些事情」時，他們就歌唱。他們做必不可少的事情，但同時行為舉止卻像爸媽，傍晚時唱搖籃曲，如果白天不得不干預時，就唱兒時的舊歌。歌曲證明比沉默更能滅絕智力。我們在一開始就聽到了它；也就是那個園丁僕人們聽到了它，「這是首悲傷的歌曲」，他說，但後來我們開始猜測出，恰恰在那首歌的伴唱下，可能做了什麼樣的可怕工作啊：屍體在一大早發現。細膩的感情裡是多麼的沒有人性！

白癡的行為很可怕，有時具有深度癡呆症的創造性，能夠達到狡猾的程度；這樣越發激勵了他的父母親，他們必須勝任各種各樣的任務。偶爾，他們也做到言行一致，但較罕見；他們說一套做一套的時候，出現了最最離奇的效果；這裡，一種智謀──即癡弱症，與另一種全心全意伺候的智謀（愛惜、付出）針鋒相對，只有兩者之間不得不存在的距離，才把這種犧牲行為變成恐怖狀態。可事到如今，父母親也許看不到這一點：這畢竟已經持續了多年！面對每一個新的驚奇（這是委婉的說法，白癡無所不為），起先在瞬間我們和他們一起感到一陣恐懼，刻骨銘心啊，擔心這樣不但會粉碎現實，而且將一舉傾覆父母親長年累月精心建起的整幢大廈。

我們錯了。在純屬反射式的交換眼色之後，用簡短幾句轉換文

101

意的話，以不快不慢的口氣，作者便拾起了這個新的負擔，並把它納入所創造的結構之中。這種場景裡有離奇的幽默和動人的高貴精神，可以藉由心理學精確描述。當孩子不再可能不穿上「小罩衫」的時候——他們冒險使用的那些辭彙呦！當他們不知道拿剃刀怎麼辦時，當母親從浴缸跳出來，必須把自己堵在浴室裡，然後整個房子因為短路而一片漆黑，她靠摸索去除了家具的堵塞，因為家具的存在比電路裝置的缺陷更有害——對於束縛她的育兒觀來說。此刻在門廳，她渾身濕淋淋的，裹在厚地毯裡，無疑是由於那剃刀的原因，她等待著父親的歸來。這樣沒有上下文的梗概，聽起來粗糙不順，更糟的是情節難以置信。父母親行動時分明知道，通過完全任意的解釋使這一事件符合規範是不可能的；所以他們超出了該規範的界線，進入了普通辦公室或者廚房的人接觸不到的領域，每次都搞一點點，自己都不知道什麼時候搞的。絕不是朝瘋狂的方向，人人可以發瘋是不可能的，但人人卻都可以有「相信」這種信念。為了不讓家庭遭到玷污，他們相信自己成了神聖的家庭。

這個語詞並沒有在書中出現；根據父母的信念（非信念莫屬），那白癡既不是上帝，又不是小神；而只是另類，自成一體的東西，他與任何孩子或青年不同；在那個另類中，他是屬於他們的，他是不變的深愛，是他們的唯一。牽強附會嗎？你自己去讀讀《白癡》，就可以發現，信念不僅僅是頭腦形上學的能力。在實質上，這種情勢往往發端於粗暴，只有荒唐的信念才能把它從詛咒中拯救出來，這裡詛咒是指精神病理學名詞。假如上帝聖人都會被精神病醫生認作偏執狂，那為什麼不能反其道而行之呢？白癡？此語詞確實在敘事情節中出現了，但只有父母混在外人堆裡時才這樣。

對外言及這個孩子時，他們用的是醫生、律師、親戚的語言，但他們自己則沒那麼傻。於是他們對外人說謊，因為他們的信念並沒有傳教的標記，也就沒有非要求異教徒皈依那樣咄咄逼人。反正父母親頭腦冷靜，絲毫不會相信這種皈依的可能性；這與他們無涉，而且需要拯救的不是全世界，而只是三個人而已。只要他們活著，就互為教堂。這不是羞恥、聲望的問題，也不是老夫妻精神障礙的問題，像所謂「兩口子感應性精神病」什麼的，而只是凡人間短暫的事情，發生在有中央暖氣空調的屋子裡；它是愛心的勝利，它的口號是「因其荒謬而信之」。假如這是瘋狂，那每一種信念都可以貶到那個層次了。

斯帕蘭紮尼自始至終走在一條狹窄的路線，該小說最大的危險是成為神聖家庭的滑稽模仿。父親年紀大？那就是聖約瑟了。母親小得多？就當聖母瑪利亞吧。至於那個孩子麼……呃，我看如果杜斯妥也夫斯基沒有寫過《白癡》，這個道德象徵路線就不會現身，或者會因雲遮霧障而難以發現，只有少數人才有緣得見。假如此說成立，則斯帕蘭紮尼絕對沒有抵觸基督福音，也絲毫不想去輕薄神聖家庭；要是作者有這種內涵卻歪打正著偏偏出現了——防不勝防嘛，那麼完全要「怪罪」杜斯妥也夫斯基和他的《白癡》。乖乖，原來如此：作品的炸藥裝填，僅僅是為此目的而準備，攻擊是針對大文豪來的！梅什金公爵這位聖人般的癲癇病人，是被誤解的無辜苦行僧，是擁有大聖疤的耶穌——他在此充當聯繫接力點。斯帕蘭紮尼的白癡有時很像他，但符號都要反過來！可以說，這是狂人的變體，這恰恰構成了蒼白小夥子梅什金青少年時的形象，當癲癇發作時，神秘的光環、野獸般的抽搐，第一次把天使小乖乖的形象擊

103

個粉碎。這小兔崽子是白癡嗎？更進一步說，是的，但我們崇高地共用了他空虛的腦袋，比如，他被音樂逼得呼吸困難，便砸破了唱片，自己受了傷，還試圖帶著鮮血吞下去。你看看，這是一種形式的——一種嘗試的——轉化體過程啊：他還想把它吃掉——從而化為己有，想必是音樂家巴哈什麼的在他朦朧的意識上敲門吧。

要是父母親把整個事情呈給兼辦慈善事業的上帝，或者乾脆創造一個三人結構代替宗教，創立某種宗派，用心智欠缺的東西代替上帝，那他們肯定會一敗塗地的。但他們一刻不停地充當不折不扣的、備受虐待的普通父母；他們甚至從未考慮到神聖的野心這方面——他們不允許自己從事任何事情，除非刻不容緩，時不我予。因此，他們實際上並沒有建立任何系統；相反，系統是通過彼情彼景油然而生的，沒有要求，沒有計劃，甚至沒有猜疑到，自己顯示在他們的面前。他們並沒有受到啟示，他們一開始就是自己，後來也依然故我。所以只是凡人的愛。我們文學中已經對愛的力量生疏了，這種文學飽受玩世不恭的薰陶，舊的浪漫主義脊背已經被精神分析的說教所打碎，已經無視過去的經典著作所賴以發達、為我們培植了古典著作的人類命運的那塊沃土。

這是一部殘酷的小說：它首先講述那無限的代價才能，存在於每個人身上的創造性，任何人，不管是誰，假如命運分派給他適當勞作的痛苦。然後再講述人被剝奪了希望，投入絕望的深淵，卻鍥而不捨的愛心展示形式。在這個語境下，「因其荒謬而信之」是「人生苦短，愛心無涯」的世俗對等物。小說涉及到（這分明是人類學解經學，而不是父親和母親的悲劇），微觀心理過程中出現了對不同物件指名道姓的創世能力，從而它不僅僅是超越了物質

世界。不，恐怕作者主張的觀念是，世界儘管處於隨機暴力的恥辱和醜陋中卻如泰山不動，卻是可以變化的——這是語詞「變換」、「變形」所傳達的意思。我們若不能把怪物改變成天使的相關形式，我們就無法忍受，這就是全書的內容。先驗的信念也許完全沒必要，沒有它也可以達到神正論的天恩（或者痛苦），因為人類的自由並不寓於承認現狀，而在於現狀的可變動。這個自由若非真正的自由（確實，這裡涉及的是徹底的征服——愛的征服！），那就別無它哉。斯帕蘭紮尼的《白癡》不是基督教神話的男女雙性式道德象徵寓言，而是無神論的異端邪說。

斯帕蘭紮尼就像對白老鼠做實驗的心理學家，把他的主人公拿來試驗，旨在證明他的人類學假說。與此同時，本書儼然是征討杜斯妥也夫斯基的檄文，彷彿此公依然在世，目前還在寫作。斯帕蘭紮尼寫《白癡》是為了向杜斯妥也夫斯基演示一個微弱的異端。我不能說他的攻擊成功了，但我理解其意圖：要衝破俄國大文豪用來束縛自己的時代和後世的那個問題觀念的魔圈。藝術不能僅僅向後看，或者滿足於走鋼索；而需要新的眼睛，新的觀看方式，特別是新的觀念。讓我們記住，這是第一部書。我以多年來所沒有的態度期待著斯帕蘭紮尼的下一部小說。

8 | 文學之路Step by Step：《請你來寫》侵犯了誰？

請你來寫

U-Write-It

　　若有本講述《請你來寫》裡沉浮故事的書，讀後會大有獲益。出版界這個腫瘤物成了熱烈爭論的題材，以致爭論遮掩了現象本身。於是，導致該事業失敗的諸因素至今仍然不大清楚。沒有人嘗試在這方面舉行民意調查。這樣也許是對的，也許決定該事業命運的大眾，自己就不知道在做什麼。

　　該發明風行了足足二十年，只能讓人奇怪，為什麼不早點執行。我記得那個〈文學勃起叢書〉的第一個型號。一個盒子外形就像一本厚書，裝著說明、計劃書、一包「建築成分」。這些成分是寬度不等的紙條，印有散文片段。每張紙條邊上都打了洞供裝訂，用不同的顏色印上了幾個數字。按照基色黑色的編號排列紙條，就得到了「開始文本」，它通常包含至少兩部世界文學作品，適度刪節過的。要是此文集僅僅為這種重構而製造，就沒有意義和商業價值了。而這存在於成分洗牌的可能性。說明書通常提供幾種重組變化做例子，邊上的分色數字就是指這些。這個創意由環球公司取得

專利，採用原作者的版權失效後的書籍。這些都是大文豪的作品，巴爾扎克、托爾斯泰、杜斯妥也夫斯基，出版商雇匿名職員適當加以刪節。發明者務必將這個大雜燴訴求某些讀者，可以從對傑作（其實是其粗糙版本）的醜化歪曲中取樂的那類。你把《罪與罰》拿起來，或者是《戰爭與和平》，隨心所欲地編派人物。娜塔莎可以在婚前墮落，也可以在婚後墮落；史維德里蓋洛夫可以娶拉斯柯尼科夫的妹妹，拉斯柯尼科夫可以逍遙法外，與索妮亞私奔去瑞士；安娜‧卡列尼娜不是因為渥倫斯基而背叛丈夫，而是跟僕人私通的，如此等等不一而足。批評家們異口同聲地攻擊這種褻瀆，而出版商竭盡全力自我辯護，而且巧舌如簧。

附在文集上的說明書宣稱，這樣就可以學習文學寫作的規則（「初學寫作者最適宜！」），以可以使用文集裡作為心象描述的文本（「告訴我你拿《清秀佳人》（*Anne of Green Gables*）怎樣了，我就告訴你你是誰」）。一句話──是文學新人的訓練工具，每一個業餘文學家的消遣。

不難看出，出版商的主導意圖不那麼光彩。世界出版社的說明書提醒購買者不要使用「不恰當」的組合，也就是把文本段落重組，而給原本如積雪般純潔的場景賦予反義：插入一個句子，就使二女間的清白閒聊帶上同性戀的暗示；狄更斯的好人家裡，也可能發生亂倫──隨心所欲嘛。當然，提醒是煽動，措辭奇妙，沒有人能指控出版商有失體統。好的，假如他在說明書中明言，不應該做這……。

著名批評家拉爾夫‧薩默斯因為無能為力（法律上此事無懈可擊，出版商曾加以確保）而大為光火，當時他憤怒地寫道：「所以

現代色情已經不夠了。必須以類比手段把過去出現的一切玷污掉，那是些不但沒有淫穢意圖，而且實際上是反其道而行之的東西啊。這是黑彌撒[1]的廉價替代品；對於被謀殺的經典著作的毫無防衛的屍體，人人都可以花上四個金元，關起門在家裡舉行儀式，真是丟人現眼。」

　　事情很快就水落石出。卡珊德拉式的宣稱是言過其實了：該事業並不如出版商所期待的那樣興旺發達。不久，他們就推出了新版的〈勃起文集〉，本卷完全由空白頁構成，可以隨手在上面排列帶文本的紙條，因為紙條和書頁上都塗布了單分子磁性箔層。由此，「裝訂」工作大為簡化了，不過這個發明也沒有走紅。是不是有可能跟理想主義者（如今少之又少）所猜測的那樣，公眾拒絕參加「輕薄巨著的行動」？假定人們有如此高尚的心態，依我看未免自作多情了。出版商默默希望，相當數量的人會慢慢喜歡上這新遊戲。說明書的某些段落指出了這條思路：「《請你來寫》讓你獲得針對人類生活的神仙般的權力。到目前為止，這是世界上頂尖天才的獨享特權！」拉爾夫‧薩默斯在一篇檄文中把它解釋為：「單槍匹馬的你可以把任何高深的東西拉下馬來，把所有乾淨的東西玷污掉，你的努力將陪伴著愉悅的感覺。你現在不必坐著聽某個托爾斯泰、某個巴爾扎克說三道四了，因為在此你就是發號施令的老闆！」

　　可是，想要做這種「玷污者」的人出奇地少。薩默斯預見到「新的薩德主義」將散佈開來，「對著我們文化中的永恆價值採取攻勢」，但同時《請你來寫》根本賣不動。不妨相信，公眾得到了提示，「次文化」痙攣成功，令我們視而不見的那種自然常識和正

直良心發現了」（L・埃文斯語，原載於《基督教科學箴言報》）。筆者卻不敢苟同，儘管埃文斯一廂情願想這樣！

那麼，是怎麼回事呢？我敢說，事情遠為簡單。對於薩默斯和埃文斯，對於我，對於藏在大學季刊內的幾百位批評家，外加全國各地幾千個書呆子來說，不管是史維德里蓋洛夫、渥倫斯基、索妮亞・馬爾美拉多夫，還是巴爾札克小說《高老頭》裡的伏脫冷和拉斯蒂涅，《清秀佳人》裡的安妮等都是極其著名、熟悉、親近的人物，有時實際上比許多真實的熟人還要生動。但對於普通大眾，他們是空泛的聲音、空洞的名稱。因此，對於薩默斯和埃文斯，對於我，史維德里蓋洛夫與娜塔莎的結合是可怕的事情，但對於大眾，這與甲先生和乙太太的結親相去無幾。這種人物對於老百姓沒有固定的象徵價值，不管是高貴感情還是道德敗壞，無法提供性變態或者任何其他種類的娛樂。他們是完全中性的。對任何人都無所謂。出版商儘管玩世不恭，卻並沒有看破這一點，並未真正適應文學市場的形勢。如果有人發現某書的巨大價值，那麼把它用作擦腳棕墊，他就不僅僅認為是破壞行為，而是「黑彌撒」全書了──這正是薩默斯的想法，而他就是這樣寫的。

當今世界上對這種文化價值越來越無動於衷了，其程度遠遠超過了出版商的想像。沒有人喜歡玩《請你來寫》，不是因為人們情操高貴克制，不去作踐斯文，其理由簡單得很，人們根本分辨不了四流文人寫的書和托爾斯泰的史詩之間的差別。兩者留下的印象一樣陰冷。哪怕公眾中有「糟蹋的欲望」，在他們看來，也沒有什麼有趣的東西供糟蹋呀。

出版商汲取這一教訓了嗎？從某種意義上說是的。我懷疑他們

能一字不漏地領悟現狀，但是，他們憑本能、憑直覺、憑嗅覺，還是開始推出〈勃起叢書〉的市場翻版，遂使銷路大增，因為它們可以組合純粹淫穢色情的作文。最後的死硬派審美家欣慰地鬆了口氣，因為至少不去驚動傑作的尊貴遺物了。他們旋即對這個問題不聞不問，精英文學季刊的頁面上，憂心忡忡地撕長袍、書呆子腦袋堆灰的文章不見了。因為非精英讀者圈裡的事情，與藝術的奧林匹斯山和宙斯們一點也不相干。

那座奧林匹斯山第二次被喚醒了，伯納德・德・拉・塔耶從《大聚會》——翻譯成法文的文集——改造了一部小說，並因此獲得了費米納獎。這引起了一個醜聞，因為精明的法國人忘了通知評審委員們，該小說並非完全原創，而是組合的產物。德・拉・塔耶的小說（《黑暗中的戰爭》）倒不乏長處，其改造過程要求特殊的才能和興趣，這是購買《請你來寫》文集的人通常所不具有的。但這一孤立事件並沒有改變什麼；從一開始就很清楚，該事業將搖擺於傻瓜玩笑和商業色情作品之間。沒有人靠《請你來寫》發大財。審美家是在極簡主義的薰陶下長大的，現在高興地看到，下流愛情小說的人物不再來踐踏托爾斯泰式沙龍的鑲木地板了，拉斯柯尼可夫妹妹這樣的淑女不再被迫跟流氓、墮落分子私奔了。

在英國，《請你來寫》的一個搞笑版本仍然勉強度日，他們出版的文集，使人能夠按照「有趣」的原則來搭建簡短文本；土生土長的文人逗樂了，在他的微型小說裡，整批的人代替果汁倒進了瓶子，伽拉哈德爵士含情脈脈地看著自己的坐騎，做彌撒時，神父在神壇上啟動了電動火車，等等等等。這顯然令英國人大悅，他們的一些報紙甚至為這種精細之作開闢了專欄。然而，在歐洲大陸，

《請你來寫》事實上已經絕跡了。請允許我們引用某個瑞士批評家的話，他對於該事業失敗的解釋與我們不同：「公眾變得懶惰不堪，甚至連親自強姦、脫衣、折磨都不幹了。如今都讓專業人士代勞了。《請你來寫》要是出現在六十年前，倒有可能成功的。構思太晚，胎死腹中了。」除了長歎一聲，還有什麼可以補充的呢？

9 | 保育天才行動——
評《綺色佳的奧德賽》的高潮及伏筆

庫諾・姆拉捷 Kuno Mlatje

綺色佳的奧德賽
Odysseus of Ithaca

　　在這本美國人著的小說中，主角全名是荷馬・瑪利亞・奧德賽
（Homer Maria Odysseus）；他出世的地方綺色佳，是美國麻塞諸塞
州裡一個只有四千人的彈丸小鎮。不過，問題在於奧德賽對綺色佳
的尋訪，它不無深層意義，因而牽涉到本書的雄偉原型。的確，小
說開頭時似乎並沒有這種前景。奧德賽因縱火焚燒洛克菲勒基金會
E・G・哈欽森教授的汽車而被告上法庭。至於他不得不縱火燒車
的理由，只有教授親自出庭，他才肯透露。事情辦到後，奧德賽假
裝要把非同小可的事情耳語告訴教授，卻咬了他的耳朵。法庭上頓
時眾聲沸騰，辯方律師要求對奧德賽的精神狀況做檢查，法官猶豫
不決；同時奧德賽在被告席上講演，解釋自己想起了狂人希羅他底
（Herostrates）[1]，就像汽車成了我們時代的聖殿，他咬教授的耳朵也
是因為斯塔夫羅金（Stavrogin）[2]咬耳朵一舉成名。他也要藉此求名，
隨之靠名聲發財，以便落實他為了全人類福祉而打造的專案。
　　法官制止了他的演說，判處奧德賽破壞汽車監禁兩個月，另加

藐視法庭兩個月。他還有可能被哈欽森提起民事訴訟，賠償其外耳傷害。然而，奧德賽成功地把演講稿交給了在場的記者，他的目的達到了，新聞界會報導他的。

在奧德賽演講稿〈尋覓精神的金羊毛〉裡的思想，其實再簡單不過了。人類的進步歸功於天才們；人類思想的進步尤其如此，集體發奮可以發現砍下燧石的辦法，但不可能協同一致發明「數字零」啊。構思「零」的人是歷史上第一位天才。「零——有可能——被四個人一起想出來嗎？每人貢獻四分之一？」奧德賽以其特有的譏諷口吻問道。人類並不習慣善待天才。「做天才是虧本買賣！」奧德賽以差勁的德語宣告道。天才日子難熬啊。有些天才的遭遇更糟糕，他們並不是一律平等的。奧德賽提出了下列分類。

首先是飽經磨難的一般天才，這只是第三等的，其心靈無法大幅超出時代的眼界。相對來說，這些人最不受威脅；他們往往得到承認，甚至發財出名。二等天已經使同時代人太難為，因而日子要難過得多。在古代他們大都遭亂石擊死，中世紀是火刑燒死，後來隨著時代習俗的改善，他們則被允許挨餓而壽終正寢，有時甚至用公款養在瘋人院裡。若干人被地方政府餵毒賜死，許多人被流放。同時，當權者——不管是世俗的還是教會的，都在爭搶「天才滅絕」（geniocide）的頭等獎，奧德賽是這樣稱呼斬殺天才的多重活動的。然而，等待著二等天才的是死後追封，最終勝出。為了補償，圖書館和公共廣場以他們命名，為他們豎立噴泉和紀念碑，史家為過去的這種失誤禮貌地落淚。另外，奧德賽斷言，世間還肯定存在著最高等的天才。以上前兩等的種類要嘛是下一代發現的，要嘛是後世發現的；一等一的天才從來不為人知——沒有人知道，生

前沒沒，死後無聞。他們創造的真理聞所未聞，提供的建議具有革命性，沒有一個人摸得著頭腦。因此，永久的無名成了「一流天才」的正常命運。甚至比他們智力稍遜一籌的同事卻被發現通常也純屬巧合。例如，在賣魚婦用來包鯡魚的塗寫過的紙張上，你會認出某種定理，或者詩歌，這些一旦見報，大家一陣狂喜，接著一切恢復原狀。這種情況不應該讓它延續下去的。這件事利害攸關啊，是文明不可挽回的損失。奧德賽認為必須創立一個「保護一流天才協會」，並且由它指定一個探尋委員會，承擔系統搜尋的任務。奧德賽已經起草了該協會的所有規章，還有尋覓精神金羊毛的計畫。他把這些文件分發到許多科學協會和慈善機構請求資助。

當這些努力毫無結果時，他自費發表了講稿，還把第一份講稿簽名送給了洛克菲勒基金會科學委員會的哈欽森教授。由於哈欽森教授不屑對此回應，就犯下了人性的罪狀——哈欽森故意表現得愚鈍，以證明自己不能勝任託付給他的職位。為此哈欽森必須受罰，而奧德賽就是執法者。

奧德賽還在服刑時，就收到了第一批捐獻。他以「尋覓金羊毛」之名開了戶頭，出獄時，他獲得可觀的一筆錢，有將近兩萬六千五百二十八美元，這夠他開始組織活動了。奧德賽透過報上的分類廣告招聘了志願者，在熱心支持者和業餘愛好者齊聚的第一次會議上，奧德賽做報告、散發新的講稿，裡面包含探尋天才的指令。畢竟，他們必須了解應該如何尋找，到哪裡去尋找及究竟要尋找什麼。人才尋覓將是利他主義的，奧德賽直言不諱，經費不多，而搜尋前的勞動量是巨大的。

「精神無所不往」（Spiritus flat, ubi vult）；為此，哪怕最高等

級的天才也可能出生於弱小部族，位於異國他鄉，天涯海角。天才並不直接地親自現身，來到大街上，抓住路人的寬袍或者衣紐。天才得靠別具慧眼的相關專家來運作，專家才尊重人才，才能發揚光大天才思想，煽動同胞，敲鐘喚醒人類另個新時代開啟。這才不會使應該發生的事情照例不發生。普通的專家只認為，自己該知道的都知道了；他們好為人師，卻不願求教他人。只有當他們摩肩接踵時，才可以找到三兩個有見識的人，人多嘴雜嘛。於是，小地方的天才就像乞丐求石牆一樣，叫天天不應，而在大國，天才的聲音被聽到的機會較大。為此，覓才者得奔赴少數民族，以及全球偏遠地域的城鎮而去。天知道，那裡甚至可以找到尚未得到承認的二等天才哪。南斯拉夫的波斯柯維奇案例就很典型：他受到了虛假的認可，他在幾百年前寫下的、思考的東西，在現代人思考、寫下類似的東西時被注意到了。這種假的發掘現不在奧德賽考慮之列。

　　搜尋的範圍還應該包括世界上所有的圖書館，這裡面收藏著珍本、古版、手稿，但主要是搜索其地下室和地窖，裡面塞滿了形形色色的壓箱紙。不過，倒不應把這類地方的尋找成功率估得太高。奧德賽在書房裡掛起了地圖，畫上紅圈圈表示精神病療養院，這是他的首選。他還對老式瘋人院中出土的下水道和化糞池寄予厚望。同樣地，必須挖掘舊監獄附近的垃圾堆，翻找垃圾筒等廢物容器，搜尋廢紙倉庫；不妨也仔細搜索糞堆和污水坑，主要是其沉積物，正是這種地方才有遭人類鄙薄並掃出視野的一切。奧德賽的大無畏英雄們必須公而忘私地遠征，用草耙、鶴嘴鋤、撬棍、遮光燈、繩梯發掘精神金羊毛，手裡還捏著地質錘、防毒面具、濾網和放大鏡。尋找遠比黃金鑽石更珍貴的寶藏，要在石化的糞便、塌陷的枯

井裡，每個宗教裁判所的古地牢裡，城堡廢墟裡進行。同時，以世界範圍運作的協調者奧德賽將坐鎮在總部裡。有關獨一無二的白癡和怪胎，關於狂躁不改劣習的怪人、頑固不化的低能兒，所有的閒言碎語、捕風捉影，都必須看作蛛絲馬跡，看作天才羅盤的指標抖動，因為這些可能就是天才們是在對自身環境限制的反應而已。

奧德賽又鬧了幾個醜聞，為此他積累了五個新罪名，還增添了一萬六千七百四十一美元的財力，他服刑兩年後向南進軍了。他直奔西班牙的馬略卡島，並打算把總部設在那裡，因為那裡氣候宜人，而他多次入獄，嚴重影響了身體。他直認不諱，自己不反對公私兼顧。而且，按照他的學說，一流天才無所不在，為什麼馬略卡就不該出人才呢？

奧德賽的英雄事蹟及他畢生的奇遇冒險，占據了小說的很大部分。奧德賽的痛苦失望不止一次，比如他發現三個心愛的探尋者，在地中海區域工作，結果居然是美國中央情報局的特務，該組織在利用「尋覓精神金羊毛」達到自己的目的。還有，另一個尋覓者把一份價值不可估量的十七世紀文件送到馬略卡島，說是中世紀奴隸騎兵卡德約克論「存在」超幾何結構的著作，不料他卻是造假者。他自己寫下了這部著作，無處出版，就混入了探險隊伍，以便利用奧德賽的經費，宣傳自己的構思。奧德賽大為光火，他把手稿投入火中，一腳踢飛了造假者；後來等他冷靜下來，這才納悶起來：他有沒有可能親手毀掉了頭等天才的作品？！他追悔莫及，在報上登廣告召回該作者——哎呀，已經不管用了。另一個探尋者，名叫漢斯·佐克，背著奧德賽拍賣了極有價值的文件，這是他從黑山的舊圖書館中掏出來的，然後拿了現金潛逃至智利，成了財富的奴隸。

儘管如此，許多非凡的著作確實落到了奧德賽的手裡，許多珍品啊，眾人以為散失的、或者世界學術界聞所未聞的手稿。例如，在馬德里歷史檔案中，發現了開頭十八頁羊皮紙手稿，是十六世紀中葉寫的，依託一個「三性算術」（trisexual arithmetic）系統，預言八十位著名科學家的生辰。文件裡記載的生日確實與牛頓、哈維、達爾文、華萊士等人相符，而且精確到月份！經過化學分析和專家評估證實，此作是可靠正本，但那又怎麼樣呢？無名氏作者所應用的數學工具早已經整個湮沒了。大家只知道，他的出發點是接受與常識背道而馳的前提，即人類有「三性」的前提。奧德賽稍感欣慰的是，在一場紐約招標中，他賣掉了該手稿，對他的遠征預算不無小補。

經過七年的勞作，馬略卡島總部的檔案館裡裝滿了非同凡響的文字。其中有某位米拉爾・埃索斯的大部頭著作，他來自希臘波奧蒂亞（Boeotia），他的發明更勝過達文西一籌，並留下了根據青蛙脊柱創立邏輯系統的計劃；早在萊布尼茲之前，他就得出了單子概念和預先調和論；他把三價邏輯應用於某些物理現象；他認為生物繁殖出跟自己相似的東西，是因為精液中有微級超小字母寫的訊息，這種「訊息」組合，造就了成熟個體的特徵；這些都是在十五世紀完成的。根據理性論據推理的神義論全書，其不可能性有形式邏輯的證明，因為任何神義論的潛在前提肯定有邏輯矛盾。本書的作者加泰羅尼亞人鮑伯，先被砍去四肢，拔除舌頭，熔鉛漏斗灌腸，然後火刑處死。「這是支援非邏輯性的強有力抗辯，只是建立在不同的平面上而已」，發現手稿的年輕哲學博士評論道。索福斯・布里森納德則從「二零算術」（two-zero arithmetic）定理出發，

演示了純超限多數論的非矛盾構建可能性，他的研究得到了科學界的嘉許，不過此公的工作與當代數學多有雷同。

奧德賽發現，古往今來，世人只認可先驅者，即其思想被後人重新發現的人，換言之，只認可二等天才。那麼，頭等天才的勞動痕跡在哪裡呢？奧德賽心裡從來沒有絕望過——只是擔心死得早（他已經快邁入老年）使他無法繼續搜索。這時終於出現了佛羅倫斯手稿事件。這卷來自十八世紀中葉的羊皮紙，發現於佛羅倫斯大圖書館某部，起初由於它佈滿了秘密記號，好像是某個煉金術士加仿冒者的廉價作品。但某些表述提醒了發現者，作為年輕的數學系學生，他看到一系列函數，那在當時是不可能有人知道的。作品上交專家，產生了對立的觀點。沒有人完全看得懂，某些人認為它是胡言亂語，偶爾出現清晰的邏輯，某些人認為它是病態心靈的產物；奧德賽把手稿複印件寄給兩位最傑出的數學家，他們也莫衷一是。只有其中一位費了好大的勁，才破解了潦草筆跡內容的三分之一左右，並靠猜測湊齊了空白處。他寫信給奧德賽說，對的，它確實涉及看起來很卓越的概念，但沒有用啊。「因為你將不得不拋棄現有數學的四分之三，再讓它站起來，以便接受該概念。這純粹是在我們已經建立的數學**之外**再建立一種數學的提議。至於是否**更好**——我無法告訴你。可能會更好吧，但為了證實這一點，需要一百名我們當中最優秀的人出來奉獻一輩子；他們不得不像以前鮑耶（Bolyai）、黎曼（Riemann）、羅巴切夫斯基（Loachevsky）對於歐幾里德所做的[3]，也這麼等待這位無名的佛羅倫斯人。」

此刻，信件從荷馬‧奧德賽的手裡掉下，他喊著「Eureka」[4]，開始在室內跑動；玻璃窗外，是一片湛藍的海灣。在那個瞬間，奧

德賽意識到，不是人類永遠丟失了一等天才，而是天才們看不到人類大眾了，因為他們疏遠了人類。倒不是這些天才乾脆不存在，而是年復一年，他們**越來越嚴重地**不存在。未得到承認的二等天才的作品總是可以搶救下來的。只消揮掉灰塵，交給新聞界或者大學即可。但一等天才的作品沒什麼辦法可以保護，因為這些傑作都站得遠遠的──在歷史潮流之外。

　　人類的集體努力在歷史時間裡開闢了一條壕溝。天才的努力施加在該壕溝的邊緣，達到極限，他向同代人、下一代提議改變路線，溝底用不同的曲線，轉變斜坡的角度，底部加深。但一等天才並不這樣參加精神勞動。他並不站在前列，也沒有領先眾人一步；他就呆在別處──在思想裡。假如他提出不同的數學形式，或者不同的方法論，不管是哲學的還是自然科學的，其立場將與現有的毫無相似之處──不，沒有一點點的相似！如果他沒有得到第一代、第二代的注意，容他分辯，以後就根本不可能被注意了。因為在此期間，人類奮進和思想之河還在開掘壕溝，自行其是，因此每過一個世紀，它的運動和天才的孤獨發明之間，鴻溝都要更加大。那些明珠暗投的提議，原本真的可以改變藝術、科學，乃至整個人類歷史的趨勢，可是由於並沒有成事，人類錯過的遠遠不止擁有特殊智慧配備的一個奇特個體。同時它錯過了一個自成體系的**另類歷史**，而這已經無法補救。一等天才是未選擇之路，現在已經徹底荒蕪，雜草叢生；他們是驚天大運彩卷的中獎彩卷，中獎人沒有出來認領的，是沒有撿起來的錢包──直到包包裡的本錢蒸發，化為烏有，機會錯過的那種烏有。次等天才並不偏離共同的河流，還待在潮水之中，在不邁出社會邊界的情況下改變其運動規律──或者是並不

從頭到尾地、完全地邁出。為此他們深受愛戴。其他人太偉大了，只有永遠隱形。

奧德賽為這一啟示深深感動，離開坐下來寫了新的講稿，其主旨（見上）的直截了當並不亞於當年「尋覓天才」創意。「尋覓」行動在十三年零八天之後告一段落。這不是徒勞無功，因為麻塞諸塞州綺色佳的小小居民，帶著一幫信徒殺入了過去的深淵，發現唯一在世的一等天才是奧德賽：歷史上最最偉大的東西，只有跟它相媲美的偉大才能辨認出來。

我把姆拉捷這本書推薦給那些認為人沒有性別就沒有文學藝術的人。至於作者是不是在開玩笑，那就請讀者自個兒回答那個問題吧。

10 | 讀來火大！
試論《你》的作家—讀者關係實驗

雷蒙・瑟拉 Raymond Seurat / 巴黎，德諾艾爾出版社（Editions Denoël）

你
Toi

　　小說正回復到作者身上，也就是，其地位從**唯一**現實的虛構，撤回到該虛構的**起源**。這至少是歐洲散文先鋒中發生的事情。虛構對於作家來說已經搞臭了，令他們噁心，他們對於虛構的必要性已經失去信心，從而對自己的無所不能喪失了信仰。作家們不再認為，當自己說出，「要有光……」，貨真價實的光芒也就照得讀者眼花撩亂。（他們這樣說，他們**能夠**這樣說，這一點絕對不是虛構。）

　　描寫其本身創作的小說，僅僅是後撤的第一步。如今人們並不寫作表明這些作品「如何興起」的作品，因為對具體創作的程式化描述也是太約束人的！寫下**可能會**寫的內容。從頭腦裡轉悠的無限可能性，抽出孤零零的提綱，在這些碎片裡面東拉西扯，儘管不能成為合於常規的文本，卻是現在的防線。這恐怕不是最後的防線，因為在文人裡面一種共識正在蘊釀，那就是連續的撤退有限度，正在通過倒退，一步一步逼近根據地，那裡有暗藏的神秘創造性「絕

125

對胚胎」在守夜，所有的創造性之源和未來不會被寫作的眾多作品，就從那肥沃的細胞中發生。不過，這個胚胎的形象是個幻覺，因為不創造世界就不會有《創世記》，沒有純文學作為產品，就不會有文學創作。寫作「最初動機」是難以企及的，因為它簡直是不存在的：要是反推回去就是墜入無窮盡的錯誤；有人寫書，然後再講述有人試圖寫書，接著又講述寫書的願望，如此等等，永無止境。

瑟拉的《你》就試圖從另一個方向打破僵局，不是另一個打退堂鼓動作，而是向前衝。到目前為止，作者始終是針對讀者說話的，但目的不是為了講述**關於**讀者的東西：而這正是瑟拉下決心做的。一部關於讀者的小說？對，關於讀者，可是它不再是小說了。由於向聽話人說話就意味著告訴他什麼，即使不說**關於**什麼（反小說！），也總要為了他說。因此，以此方式為他奴役。瑟拉認為，結束這種無休止奴役的時候到了，他下決心造反。

毫無疑問，作者的想法雄心勃勃。造反作品是在反對「歌者－聽者」、「敘事者－讀者」的關係嗎？這是兵變乎？挑戰乎？可是又以什麼名義出師呢？乍看這是無稽之談：假如你作家不想通過敘事受奴役，那就必須沉默，而沉默必須停止當作家。這兩者間沒有迴旋餘地。那麼，瑟拉的作品究竟是什麼樣的鏡花水月呢？

我懷疑，瑟拉計劃的具體細節是向薩德侯爵學來的。薩德先創造一個封閉的世界，城堡、宮殿、修道院的世界，以便把鎖在裡面的人群分成惡棍和受害者；以折磨行為消滅受害者，給劊子手帶來快樂，而惡棍很快就會孤單了，為了進一步玩樂，他們不得不開始互相吞噬，在尾聲裡便產生了最關鍵惡棍的密封式孤獨——他吞

噬、吃掉了所有的人，然後揭示出他不止是作者的代言人，而且是作者本人，分明就是囚禁在巴士底監獄的那個薩德侯爵。他獨自留下來，因為只有他不是虛構物。瑟拉彷彿把這個說法反其道而用之；除了作者，肯定始終有一個非虛構者——讀者——與作品相對。於是他就把這位讀者當作主人公。當然不是由讀者本人說話，任何此類演講只是一個花招，口技演員的騙術。作者對讀者說話——通知他。

我們在此認為，文學是精神賣淫；因為寫作時必須任人奴役。必須吹吹拍拍、獻殷勤、炫耀自己，亮出文風的肌裡，推心置腹，跟讀者說悄悄話，把最珍愛的東西給讀者，爭取讀者的好感，維持讀者的興趣，總而言之，不得不奉迎拍馬、甜言蜜語，曲意逢迎，必須出賣自己。噁心！當出版商是老鴇，文人是婊子，讀者是文化妓院的顧客時，當這種事態爬上心頭，就引起嚴重的道德消化不良。不過，作家們不敢斬釘截鐵地辭職，就開始玩忽職守：他們還是被奴役，卻是心有不甘；他們不再小丑般地逗樂，還變得晦澀難懂，冗長煩悶；他們不再表現漂亮事物，而是刁難讀者，引起厭惡。就像是不聽話的廚子，故意把主人上桌的菜肴弄髒；假如主人和主婦不喜歡，就用不著吃嘛！就像是阻街女郎膩了自己的營生事卻不能夠堅強地洗手不幹，就停止勾引男人，停止梳妝打扮，不再發出迷人的微笑。那又怎麼樣？她還是站在街頭接客，隨時準備跟顧客走的。儘管她板著臉，神情憂鬱，喜歡挖苦人。她的反抗不是真心實意的，是半推半就的假暴動，偽善之極，是自欺欺人。天知道這是否比正常的赤裸裸的賣淫還要糟糕，至少後者沒有那麼矯揉造作，假裝身份高貴，貞潔優雅，不可褻玩！

所以呢？作者必須發出通知；後來的顧客就像打開窯子大門一樣打開書卷，信心十足地闖進去，自信他的需要會得到奴性的伺候，這個肥豬般的市儈，這個下流胚——恨不得猛揍他的嘴巴，罵得他狗血噴頭，還有——一腳踢下樓梯去？不不，那樣對他太好了，太便宜他了；他只會站起來，擦去臉上的唾沫，撣乾淨禮帽的灰塵，揚長而去，投身競爭對手的妓院。必須做的是，把他拖進屋，好好藏起來。只有此時，他才會記住他先前與文學的風流韻事，一本書一本書無休止的不正當Seitensprungen（德語「偷情」）。所以，Creve, canaille！（法語「去死吧，壞蛋」），這是瑟拉在《你》開頭幾頁所說的：「狗狗，去死吧，但不要死得太快，你必須節省力氣，下面要做的事情多著呢；你將為你傲慢的淫亂付出代價！」

　　作為一個創意，乃至作為原創書的可能性，還有點意思，可是瑟拉並沒有寫這本書啊。他沒有在反抗的構思和藝術上合法的創作之間彌合差距；他的書沒有結構；唉，即使在當時，它的傑出之處主要在於其語言的極其骯髒。確實，我們不否認作者有其語言上的創新；他的巴洛克風格想像力豐富。（就像這段：哼，你這個荒淫的吸腦髓螞蝗般的色鬼，哼，大糞般的爛牙娼婦，哼，你這個癆病胚子，快爛掉啦，你要遭遇五馬分屍的，不得好死，你要是以為那全是燉牛眼和哄騙，你看好，我要把你連車煮熟。不快活？毫無疑問。可是有必要啊。）讀者在這裡已得到了被折磨的承諾——口頭折磨。但這也有可疑了。

　　米歇爾·雷里斯（Michel Leiris）[1]在〈文學是鬥牛〉一文中，正確地強調了文學創作若要獲得情節的力度必須克服**抵抗**的重要性。

128

所以雷里斯冒險在傳記裡損害自己的名譽。但在讀者的腦袋裡堆積咒罵並沒有真正的風險，因為謾罵的契約性是不容否認的。瑟拉宣告自己不再伺候讀者，宣告**甚至現在**就已經不伺候，他當然逗樂我們了——於是，就在拒絕伺候時，他在伺候人。……他出師不利啊。是不是他給自己設定的任務是無解的？此處又能做什麼呢？用敘事蒙住讀者，隨心所欲地帶領讀者走上尋歡作樂的道路？這已經做過成百上千次了。反正讀者總是很容易下結論：錯位、誤會、誤導的文本並不構成有意的行動，它不是背信棄義的產物，而是不稱職的結果。任何有效的謾罵書寫，為了成就貨真價實的污辱，為了成就具有該類行為相應風險的冒犯，只有在胸懷具體單一聽話者時才能寫下。那不成了書信了嘛。瑟拉通過冒犯我們全部讀者，通過詆毀那個角色——文學消費者——卻沒有激怒誰，他僅僅是表演了一系列語言雜技，很快就連逗樂作用都停止了。作家若要同時寫盡所有人，到最後就等於他沒有寫出任何人；同樣地，他要對所有人寫作，最後就等於他沒能為誰寫作。瑟拉的失敗原因在於，作家起來反抗文學奴役差使的，唯一真正的一貫表現方式是沉默；任何其他種類的抗爭相當於出洋相。瑟拉無疑會另外寫書，由此完全否定第一本——除非他巡迴各個書店，去打讀者的耳光。果真如此，我會尊重他的行動的重要性，不過僅僅屬於個人層面，因為無論如何都無法挽救《你》這本書這個洪水決口的。

11 | 我要客製，不要一貫化：
《幸福人生有限公司》裡的人性照妖鏡

阿拉斯泰爾・維恩賴特 Alastair Waynewright /
紐約，美國圖書館（American Library）

幸福人生有限公司
Being Inc.

　　人們雇用僕人，他的工資裡還包括了工作之外的東西——僕人給主人的尊敬。人們雇請律師時，除了法律諮詢還買到了安全感。購買愛情的人，不僅僅努力贏得它，而且指望愛撫和感情。飛機票的價格一度包括迷人空姐的微笑和貌似和藹的禮遇。人們喜歡花錢買「私密接觸」，賓至如歸的感受，有人照顧，有人喜歡，這構成了各行各業服務包裝的重要成分。

　　不過，生活本身畢竟不是由親身接觸僕人、律師、飯店雇員、代理商、航空公司、商店組成的。相反，我們最需要的接觸和關係，在於被買賣的服務領域之外。人們可以花錢讓電腦輔助挑選配偶，但不能花錢買到夫婿或妻子婚後的如意表現。人們有錢的話，可以購買遊艇、宮殿、島嶼，但金錢不能提供朝思暮想的事情——比如表現英雄氣概，表現智力過人，搶救瀕危的美人，比賽獲勝，贏得高級獎章。錢也無法購買友善、油然而生的好感、別人的鍾愛。無計其數的故事證明了，正是這種免費施予的感情，讓位高

131

權重的統治者和腰纏萬貫的財主饞涎欲滴。童話裡能夠重金購買或者武力搶奪的人，有辦法得到卻不用，而放棄其特殊地位，喬裝打扮，比如拉希德（al Rashid）[1]就假扮乞丐，去找人間真情，因為特權就像銅牆鐵壁把它關在外面。

故而，唯一尚未變成商品的領域，就是日常生活中沒有事先包辦的實體，有親切貼近的，也有冠冕堂皇的，有私事，也有公事，結果我們大家都持續地承受小小的反覆、嘲弄、失意、仇恨，遭受他人給予永難釋懷的冷落，承受不可預見的事情；簡言之，承受我們個人命運範圍內無法忍受的事態。而這亟待改變。且這種改善將由新興的生活服務行業來發動。一個社會，可以通過廣告宣傳購買總統職位，購買描著小花的一群白化病大象，購買一群美女，或者通過荷爾蒙購買青春，這樣的社會應該能夠把人類的狀況理出頭緒才是。

但疑慮頃刻而生，這種買來的生活形式不真實，跟四周的真實事件並排放置，馬上會露出假象——這種疑慮是人間再也「毫無想像力」的問題：當所有的孩子都是試管授精而受孕，當性行為沒有生兒育女的後果——若這是再自然不過的事情，那麼正常性行為和性變態之間，差別就不復存在，因為肌膚之親除了取樂別無他用。當每一個生命都處於強大的服務企業的密切關注之下，真實事件和暗中擺佈事件之間，也不復存在差別。當人們再也分不清純屬巧合的事情和預先付款交辦的巧合，就不再存在冒險、成敗中的自然和人工之別了。

這差不多就是維恩賴特的小說《幸福人生有限公司》的創意吧。這家法人實體（即幸福人生有限公司）的運作方式是遠距離行

132

動：總部不能為人所知；客戶只能通過信件與該公司溝通，緊急時就打電話。他們的訂貨輸入一台巨型電腦，其執行取決於客戶帳戶的大小，也就是匯款的多寡。背叛、友誼、愛情、報復、自己的好運和別人的背運也可以通過分期付款、方便的信用制度買到。孩子們的命運由父母決定，但成年的當天每人收到郵寄的價目表，服務專案表，外加公司的說明書。說明書是一篇結構清晰、厚厚實實的論文。富有哲理性和社會技術價值，可不像平常的廣告文字。它的語言明白易懂，格調高尚，其內容或可用格調不高尚的方式小結如下：

人人追求幸福，方式各不相同。對於某些人，幸福意味著出人頭地、自力更生、挑戰不斷的境遇、風險、人生如一場豪賭。對於其他人，幸福就是順從、相信權威、沒有各種威脅、平和安靜，甚至懶散。某些人酷愛表現得咄咄逼人，某些人安於充當接受者。許多人滿足於焦慮苦惱的狀態，這可以從杞人憂天中看出來，他們沒有真正的憂愁，卻為自己想像出一些。

研究表明，社會上積極個體通常和消極個體一樣多。說明書宣稱，過去，社會的不幸之處在於，社會不能夠在「公民的自然傾向」和「真切生活道路」之間實現和諧。最後往往是盲目的機緣湊巧決定誰贏誰輸，誰充當佩特羅尼烏斯（Petronius）[2]的角色，誰充當普羅米修斯的角色。而任何人都必須去質疑普羅米修斯沒有料到神鷲會來的說法。根據現代心理學，更有可能的情況是，他去盜天火，完全就是為了讓神鷲來啄肝。他是受虐狂，受虐狂就像眼珠

133

的顏色一樣是天生的特性，這並不可恥，應該就事論事地縱容之，利用它為社會服務。說明書以學究的口吻說，以前盲目的命運決定了快樂給予誰不給誰，人們過著悲慘的生活，因為喜歡打人者卻挨打，就像希望好好挨一頓打的人，為情勢所迫不得不打人一樣痛苦。

幸福人生有限公司的運營原則並不是空穴來風：該公司婚姻電腦一直在按類似的規則撮合姻緣。公司也能保證替某個顧客全面包辦一生，從法定成年到死亡，按照他在所附表格上填寫的願望辦事。公司在工作中利用最先進的控制論、社會工程和資訊手段。公司並不立刻實現顧客的願望，人們往往不知道自己的秉性，什麼對自己有利，什麼對自己不利，總是不識好歹。公司對每位新顧客進行遙控監視、心理技術檢查，一組超高速電腦替顧客算定個性輪廓和全部癖性。只有經過這種診斷，公司才會接受訂單。

你不需要對訂貨內容羞於啟齒，公司永遠保密。也不用擔心訂單發貨時會傷害到任何人。公司的職責是不讓這種事情發生，讓公司的電腦去操心吧。顧客史密斯先生願意做判處死刑的鐵面法官，所以聽他宣判的被告，都是活該領受極刑的人。顧客瓊斯先生若希望打自己的孩子，拒絕給他們任何快樂，還要堅信自己是公正的父親怎麼辦？那就讓他生養殘酷狠毒的孩子，懲罰他們要花費他半生的精力去懲治他的孩子。公司有求必應，但有時候要排隊，比如要親手殺人的訂單，因為這種愛好者多得驚人。在不同的國家，處死死囚的方式不同；某些國家處絞刑，某些用氰化氫毒死，還有的使用電刑。偏好絞刑的人，來到了行刑工具是絞架的國度，便不知不覺成了臨時劊子手。使顧客能夠在開闊地、草地上、私人家裡謀殺

並逍遙法外的計劃，目前法律還沒有批准，但公司正在耐心地努力推出這一創舉。公司包辦節目的技巧，表現在千百萬人造的職業上，它將排除萬難，消滅目前阻止實施訂單謀殺的障礙。比如說，死囚發現死囚室的門開了便逃跑，警戒的公司特務左右他的逃逸路線，在對兩者都合適的情況下巧遇顧客。比方說，逃囚試圖躲到顧客的家裡，而後者正好在給獵槍上膛。公司編寫的各種可能性目錄是沒有窮竭的。

幸福人生公司是史無前例的組織。但有一點必須先說明，婚姻電腦僅僅把兩個活人撮合起來，卻不管結婚以後發生什麼。相反地，公司必須使一大批事件分組協調發生，過程中要涉及成千上萬的人。公司提醒讀者，其實際運作方法**並沒有**在說明書上提及。所舉的例子純屬虛構！包辦策略必須絕對保密，決不能讓顧客發現，他身邊哪些事情是自然發生的，哪些是暗中監視他的命運的電腦輔助完成的。

幸福人生公司雇有大批職員，公開露面時就像普通公民——轎車司機啦，肉店老闆啦，內科醫師啦，工程師啦，女傭啦，攜兒帶女，牽著狗狗，托著金絲雀。雇員必須隱姓埋名，任何時候暴露身分的職員，說明自己是地地道道的公司團隊成員，不僅僅要丟掉職位，而且公司要追究他到墳墓。公司了解他的習慣和趣味，會為他包辦一種生活，弄得他對做壞事的那一刻咬牙切齒。對於洩漏公司秘密的懲罰不得上訴——這句話公司可不是隨便說說。是的，公司的商業秘密中就有對付壞員工的**真正的**辦法。

小說裡顯示的現實，與幸福人生公司促銷手冊所描繪的畫面大相逕庭。廣告隻字不提那頭等大事。美國的反托拉斯立法禁止壟

135

幸福人生有限公司　Being Inc.

斷，結果造成該公司並非唯一的生活包辦者。該公司較大的競爭者有享樂者公司、真生活公司。正是這種環境，引起了史無前例的事件。當不同公司的顧客相互接觸時，各人訂單的實施會面臨意想不到的困難。這些困難呈現所謂「暗中寄生」的形式，引起特務活動的執行難度更升級。

假設史密斯先生對朋友之妻布朗太太有好感，希望在她面前露一手，便選定目錄上的396b號專案：在火車出軌中救人命。兩人都全身而退，但布朗太太多虧了史密斯英雄救美才得以脫險。好了，公司必須精確無誤地包辦一場火車事故，而且要營造整個場景，使指定的雙方經過一連串貌似巧合事件坐同一個包廂；裝在牆上、地板裡、椅背上的監控器，把資料回饋到編排行動程式的電腦，它藏在廁所裡，保證人為事件完全按計劃進行。必須做到使史密斯先生不能不救布朗太太的命。為了使他不知道自己在幹什麼，顛覆的車廂在布朗太太坐著的一側將被撕開，包廂要充滿令人窒息的濃煙，史密斯為了爬出去，首先得把那女人推出豁口，從而救了她，不致悶死。整個操作沒有大的困難。幾十年前，需要一個電腦編隊，一個專家編隊，才讓一個月球飛行器著陸在離目標數米之處；如今，一台電腦在一批監控器協同輔助下跟蹤動作，就可以輕而易舉地解決問題。

不過，假如享樂者公司或者真生活公司接受了布朗太太丈夫的訂單，要求史密斯表現得像無賴懦夫，事情就複雜了。真生活公司通過工業間諜了解到了幸福人生公司策劃的鐵路冒險操作，最省錢的辦法呢，是納入別人的包辦計劃，「暗中寄生」就在於此。真生活公司在火車顛覆時刻插入一個小小偏離因素，足以讓史密斯在把

布朗太太推出洞口時，給她一個烏眉竈眼，撕破衣服，外加折斷雙腿。

　　要是幸福人生公司通過反諜報部門發現了這一寄生計劃，就會採取糾正措施，從而啟動操作升級工藝。車廂顛覆，必然出現兩台電腦的決鬥——一台在廁所裡，屬於幸福人生公司，一台屬於真生活公司，也許藏在車廂地板下面。在那女人的潛在解救者後面，在潛在的犧牲者她的後面，有兩個電子和組織的摩洛神（Molochs）[3]對決。事故發生時，剎那間展開了一場電腦大戰；難以想像，一邊有什麼樣的巨大外力會介入，以便讓史密斯英雄救美般地推人，另一邊又有什麼樣的方法讓他不能憐香惜玉，去蹂躪推擠。越來越多的增援力量投入進來了，直到原本為男子漢在婦女面前的小小表現，變成了一場災變。公司檔案裡記載著兩次類似災難，之間相距九年。這種災難在業內稱為GASP（Galloping Arrangementive Spiral，業務設置成本邊增狀況），第二次災難使事件雙方在三十七秒鐘之內花費大量的電能、蒸汽、水能，價值一千九百萬美元。此後業內達成了協定，規定了包辦的上限。每顧客分鐘能源消耗不得超過10^{12}焦耳，服務的實施過程還排除了各種形式的原子能投入。

　　小說的主體情節正是在這種背景下展開的。幸福人生公司新總裁，年輕的愛德·哈默三世，要親自調查一個個案：古怪的遺產繼承人百萬富婆傑薩敏·切斯特太太下的訂單。她的要求很特別，任何產品目錄裡都找不到，這使公司管理層上下大傷腦筋。切斯特渴望貨真價實的生活，清除掉一切包辦干預，而為完成這個願望，她準備付出任何代價。愛德·哈默不聽顧問們的勸告，接受了這筆訂單；他放在職員前面的任務，就是如何讓包辦公司完全不在場，這

137

要比以往任何難題都棘手。研究指出，生活中像是自然發生的事物都長不了。任何包辦計劃要消滅準備動作，就把早先其他計劃的殘跡抖露出來了；事先沒有方案的突發事件即使在幸福人生公司內部也找不到的。原來，三個你死我活的企業，已經無所不用其極地把對方包辦過了；也就是，他們把每個競爭者的管理層和董事會的要職都安插了自己信任的人選。哈默了解他這項發現背後代表的危險性，遂求救於另外兩家企業的董事長，隨後他們舉行了秘密會議，由接觸主電腦的專家充當顧問。這場對陣，終於促成了一些規則。

　　西元二○四一年，不經過高級電子安排，全美國上下，沒有一個人可以吃雞、戀愛、歎氣、喝威士忌、拒絕喝啤酒、點頭、眨眼、吐痰，因為電子安排已經提前幾年創造了先入為主的不協調。不知不覺中，三個億萬美元級公司在競爭中已經形成了「三人一體」，是「一個全能的命運擺佈者」。電腦程式構成了《命運書》，被包辦的有政黨，被包辦的有氣候，甚至愛德・哈默三世的出世也是具體訂單的結果，那些訂單又來自其他訂單。不再有人能夠自發地出生或死亡，不再有人能夠憑自力，單槍匹馬地，從頭至尾地生活，因為他的每一個思想，每一次害怕，每一陣痛苦，都是電腦運行的代數計算的一個短序列。原罪、報應、道德責任、善惡等概念已經空虛了，因為生活的全面包辦排除了不可異議的絕對價值。由於人類才能得到百分之百的利用，納入了一貫正確的系統，在電腦化的人造天堂裡，只缺少一件東西——讓其居民意識到這就是事態的現狀。因此，三個公司首腦的會議也是由主電腦安排的，它給他們提供了這一資訊，並且自我介紹為靠電力點燃的「知識樹」。

138

下面會發生什麼呢？是不是應該二度逃離伊甸園，放棄這一完美的包辦存在，以便「再次從頭開始」？抑或應該接受現實，永遠放棄責任負擔？本書沒有答案。因此，這是一齣玄學的滑稽戲，不過，它的幻想要素與現實世界有某些聯繫。當我們忽視作者想像中的富有幽默感的假話和不怕吹破象皮的大話，就只須留下心靈操縱的問題，特別是作者不自減自發性和完全主觀性的那種操縱。事情當然不會以《幸福人生有限公司》所示的形式發生，但誰知道命運會不會留給我們的子孫後代以這一現象的其他形式——也許是不那麼有趣，但可能並不缺乏暴虐成分的未來。

12 | 世界被以為的樣子——
當代人必讀的《文明算作錯誤》

威廉・克洛佩 Wilhelm Klopper / 柏林，大學出版社（Universitas Verlag）

文明算作錯誤
Die Kultur als Fehler

　　大學不支薪講師克洛佩寫的《文明算作錯誤》確是佳作——這是本關於人類學上的原創假設。不過，我在著手討論前，不得不就其論述形式多說幾句。這本書——只有德國人才寫得出來！酷愛分類，不厭其煩地給t加橫線和在i上加點，產生了無數的手冊，使德國人的頭腦就酷似鴿籠式的分類架了。人們看著該書目錄表上盡善盡美的排列有序，不得不想到，假如上帝是德國血統，那麼我們世界的存在也許不一定會得到改善，卻肯定會體現更高的紀律和方法觀念。這一完美的有序性使人難以招架，但會引起實質性的保留意見。這裡我無法討論，那純屬形式的愛好集結列隊、對稱、向前看、前進的傾向，是否還對德國哲學的某些典型概念產生過真正的影響，特別是對它的本體論。黑格爾喜歡有幾分普魯士味道的宇宙，因為普魯士有秩序！連叔本華這位熱衷美學的思想家，都在論文《論充足理由律的四重根》中表明，推導練習是什麼樣的。而費希特（Johann Gottlieb Fichte）[1]呢？我不得不放棄說閒話的快樂，我

又不是德國人，說閒話是難上加難啊。言歸正傳，言歸正傳！

　　這本克洛佩的上下卷著作加了一個前言，一個序，一個引言。（形式上有三合一的創意！）他論及事情的是非曲直，首先提起了把文明理解為錯誤，他認為這種說法是不對的。作者說，根據該誤導的觀點，一個有機體既不幫助、又不妨礙自身生存的任何行為方式，都是錯誤，這觀點是盎格魯－撒克遜學派所特有的，主要代表是惠斯爾（Whistle）和薩德博騰（Sadbottham）。在進化中，理性行為的唯一標準是有利於生存。按照這個標準，行為模式比其他動物更適於生存的一種動物，比絕種動物的行為更加合理。沒有牙齒的食草動物在進化上是無理的，剛出生就很可能得餓死。同理，食草獸擁有牙齒但用來咬石頭而不是咬草，也是無理進化，它們也要消失。克洛佩接著引用惠斯爾的著名例子：這位英國作者說，讓我們假設，在一群狒狒中有一個老年雄狒狒，是頭目，偶然中牠有了從左側下口吃鳥的習慣。還有，他的右手傷了一個手指，他把鳥兒放到嘴邊時，發現左手拿鳥比較順手。小狒狒們看到頭目的行為，奉為楷模，便模仿起來，不久——也就是經過一代以後，狒狒群體中的每個個體開始從左側對俘獲的鳥下口。從環境適應的角度看，這一行為毫無意義，狒狒從兩側咬食物對自己同樣有利；然而，恰恰是這種行為方式在群體中固定下來。它是什麼？這是文化的端倪（初始文化），是環境適應中無理的行為。眾所周知，惠斯爾的這一創意後來不是靠什麼人類學家，而是由英國邏輯分析學派的哲學家薩德伯騰發揚光大的，我們的作者在第二章〈約書亞・薩德伯騰文化錯誤論的缺憾〉中提綱挈領了這個觀點，然後又加以反對。

　　薩德伯騰在大作中宣告，人類社會通過錯誤、失足、失敗、大

142

錯、謬誤、誤解而產生了文化。人們打算做一件事，實際上卻做另一件；希望徹底懂得一個現象的機制，卻自己把它解釋錯了；求真得假；於是習俗形成了，有了慣例、信念、神聖化、神秘、神力；於是禁止令和停聖事的處分出現了，還有圖騰和禁忌。人們對周圍世界形成了虛假的分類，圖騰崇拜應運而生。他們作出虛假的概括，先有了神力概念，後導出「絕對」概念。對自己的物質構成，他們創造錯誤的表象，於是興起了美德和原罪的觀念；若是生殖器與蝴蝶相似，受孕與唱歌相似（遺傳信息的發送體是空氣中的特有振動），這些觀念就會呈現截然不同的形式。人們創造了三位一體，諸神觀念於是出現；人們抄襲，於是把神話作折衷竄改──教條式宗教興起了。換言之，環境適應中的隨便行為，不恰當行為，不完美行為，誤解其他人的行為，誤解自己的身體、自然的物體，認為偶發事情是定數，而確定的事情是巧合──也就是，人們發明愈來愈多的虛構存在之餘，便把自己圍在文化大廈之中，他們改變對世界的模型來適應自己的結論。多少個千禧年過去了，他們驚奇地發現，在這種牢籠裡，自己並不感到全然舒服。一開始總是幼稚天真，乍看還顯得瑣細，比如狒狒吃鳥兒總是從左側下嘴。當著這種零零碎碎的瑣事裡冒出一個意義和價值系統時，當著錯誤和誤解積累到能夠積少成多、聚沙成塔而**逼近**（採用數學語言）時，那麼人類自身就囚禁於自認為必不可少的東西裡，哪怕它是偶發的大雜燴。

薩德博騰是學問淵博的學者，他引用來自人種學的大量例子，支撐自己的說法；我們記得，他給出的「事實表」當時也引起了不大不小的騷動，特別是那些「偶然－決定論」表格，其中他把

所有個別文化關於自然現象的錯誤解釋並列呈現。（實際上，大批的文化把人類的老死當作遭厄運的結果：認為人類原本是長生不老的，要嘛由於墮落而自我剝奪了此項稟賦，要嘛由於某個惡勢力的干預而遭到剝奪。相反，偶然的產物——人的外貌是在進化中成形的——所有的文化都賦予了必然性的名目；各大宗教至今還在教導說，人類在體形上不是巧合，而是按照上帝的形象依樣塑造的。）

我們的作者克洛佩先生則批評這位英國同事所假設內容的話既非原創，也非首次出現。身為德國人，克洛佩把批評意見分成兩部分：內在的和實證的。在內在性上他僅僅否定了薩德博騰的論題，這部分內容不那麼有實質性，我們先忽略這部分，因為它重複了專業文獻中已知的反對觀點。在第二部分，實證批判，克洛佩終於拋出了自己的反假設「文明是錯誤」。

我們認為，本書的闡述是有效且恰如其分的，它以舉例開始。不同種的鳥兒採用不同材料營造巢窩，而且，同種的鳥兒在不同的地方築巢，不會採用一模一樣的材料，必須因地制宜。至於什麼材料，草葉、樹皮、樹葉、莢殼、石子，哪種形式鳥兒最容易找到，則取決於機緣。所以，某些雀巢中莢殼多一些，某些雀巢中石子多一些；某些主要是用小樹皮搭建，而某些依靠羽毛青苔。不管使用什麼建築材料，都準確無誤地為形成鳥窩作出了貢獻，不能口口聲聲說雀巢是純屬機緣的產物了吧。雀巢是適應環境的工具，儘管是用隨機發現的這樣那樣的碎片建築的；而文化也是適應環境的一個工具。可是——請看作者的新思想——它與動植物界常見的適應天差地別。

「Was ist der Fall?」克洛佩問道。「情況怎麼樣呢？」情況是

144

這樣的：人類是以物質存在的，沒有什麼是不可避免的。根據現代生物學知識，人類可以構造成與現在不同的面貌，他可以長命六百歲，而不是現在的平均六十歲，軀幹四肢可以呈現其他形狀，生殖系統不一樣，消化系統不一樣；例如，我們可以僅僅食草，可以卵生，可以是水陸兩棲動物，可以一年只在發情期交配一次等等。誠然，人類的確擁有一個不可避免的特徵，因為至少沒有它就不成其為人了——他擁有一個大腦，能夠產生言語和思索；看著自己的軀體和該軀體圈定的命運，離開這種思索領域便會大為不滿。人的生命很短暫，況且無助的孩提時代很冗長，能幹的成熟期占一生很小的比例，剛剛進入壯年就開始老化，不同於其他動物，人知道老年會走向什麼歸宿。在天然的進化環境中，生命不斷地遭到威脅，要活下去就得隨時警覺，為此，所有的動物都有非常突出的痛覺尺度，痛苦器官進化得很，成為刺激自我保護活動發育的信號器。但是，並沒有進化的理由，並沒有形成有機體的力量，來「公平地」平衡這個情況，賦予生命形式以相應數量的享受和快樂器官。

克洛佩說，人人都會承認，饑餓的絞痛、口渴的折磨、窒息的苦悶，比吃飯、喝水、自由呼吸時體驗的痛快強烈得無與倫比。這一痛苦和愉快之間不對稱通則，唯一的例外是性別。這是可以理解的：要是我們並非兩性存在，要是我們的生殖系統安排成花卉之類的花粉傳播方式，那麼它的機能就會脫離任何實證的感覺體驗，因為那樣完全不需要行動刺激了。存在兩性快樂，上面又鋪展著「兩情相悅王國」的無形大廈（克洛佩不再乾巴巴地陳述事實時，立刻變成了傷感詩人！），這統統源自性別這外部環境。說什麼要是有陰陽人存在，會自相情愛，這種設定是大錯特錯。這種事子虛烏有

啊，他會嚴格限於自我保存本能的範圍內關心自己的。我們所謂的自戀，自認為陰陽人感受到的自我愛慕物件，是一種次要的投射外化，是打水漂式反彈的產物：這個個體心理上把外部的理想情人形象聯繫到自己的身體上了。（此後有七十來頁的深思熟慮，討論形成人類情欲秉性的單性、兩性、多性的可能性問題；這一大段離題我們也忽略不論。）

而文化與這一切有什麼關係呢？克洛佩問道。文化是新型的環境適應工具，**它本身**倒並不出自巧合，卻為此目的而生，也就是說，我們的現狀裡事實上的一切偶然性，均沐浴於更高的終極必然性之光芒中。因此，文化在既有宗教之中行動，通過習俗、法律、不可違逆的聖事、強制令而行動，以便把不足化為**理想**，化負為正，化缺點為完美，化缺陷為優點。受苦是不幸嗎？對，但受苦使人高尚，甚至使人免罪。人生苦短嗎？對，但來生是永恒的。兒童時代辛苦而幼稚嗎？對，儘管如此──卻是無憂無慮，充滿詩情畫意，確乎神聖。老年可怕嗎？對，但這是為永恆做預備，而且老人要得到尊重，就因為他們是老資格。人類是魔鬼嗎？對，但不能怪他，是他的鼻祖帶來了罪惡──或者說魔鬼干預了上帝的造人行為。人類不知道想要什麼，要尋找生活的意義，難道不幸福嗎？對的，但這是自由帶來的後果，那可是最高價值；哪怕必須以高昂的代價得到它，也沒什麼大不了的：人被剝奪自由比沒有被剝奪更加不幸！克洛佩說，動物不區分糞便和腐肉，都當作生命體的排泄物而一概躲得遠遠的。對於徹底的唯物主義者，把屍體和糞便等同起來，應該是同樣正確的；但我們悄悄地扔掉後者了事，卻鄭重其事、風風光光地處置前者，給遺體配備若干價錢昂貴、花樣繁複的

146

包裝。這是文化的要求，是一個裝模作樣的制度，幫助我們節哀順變。莊嚴的葬禮充當鎮靜劑，按捺住卑鄙討厭的死亡在我們身上惹起的當然公憤和反抗。這個一輩子裝填愈來愈多淵博知識的頭腦，還得落到這步田地，瓦解為一堆爛肉，**確實**是可氣可惱。

於是，文化能化解人類針對自然進化所產生的所有異議、義憤、埋怨，那些因進化而隨機產生的物質特性，偶爾能致命的特性，是未徵求意見、未經同意就從億萬年的特定環境適應過程中遺傳來的。文化披著「公眾捍衛者」的漂亮官袍，試圖讓我們接受所有的噁心遺產，那些插入細胞內部、植入骨髓、編入肌腱的如烏合之眾一般的毛病和瑕疵。它使用無計其數的、模棱兩可的詞語，啟用自相矛盾的論據，時而訴諸感情，時而訴諸理智；只要文化能達到目的——把負量改造為正量，把我們的可憐、缺陷、弱點變成優點、美德和明確的必要性。

克洛佩講師的論文第一部分結束了，風格變化無窮，時而崇高，時而學究氣，令人耳目一新；我們先簡述至此。第二部分他則闡釋了理解文化真實功能的極端重要性，以便人們能正確接收未來的預兆，而這個未來是人類通過建立科學技術文明而為自己準備的。

文化是個錯誤！克洛佩宣布道，這簡短的斷言使人想起叔本華的「世界是意志！」文化是錯誤，並不意味著它是偶然的產物，不，它是必然的產物，因為第一部分就表明，它為適應環境而生。但它僅僅從**心理**上為適應環境服務：當然它並未通過其信念教條和戒律把人變成**實際上**不朽的存在；它並不把**實在**的「創造神」附著在偶然的人（homini fortuito）身上；它並不**真正地**消滅一絲一毫的

個人痛苦、悲傷、哀慟（此處克洛佩也忠於叔本華！）——它所做的，完全處於精神層面，解釋的層面，從毫無內在意義的東西裡製造意義；它把原罪和優點分開，把神恩與詛咒分開，把屈辱和得意分開。

如今，技術文明起初以難以察覺的腳步，用它的原始的機器廢鐵爬行，現在已經爬到了文化底下。大樓震顫了，電晶體整流器之牆開裂了，因為技術文明允諾校正人類的軀體和腦袋，並且真真切切地優化他的靈魂。這一非同小可而意外噴湧的力量（儲存了幾百年的資訊科技，也於二十世紀爆炸了）預示著長壽的機會，也許極限在於長生不老；還有快速成熟和不衰老的機會；擁有眾多身體樂趣和消滅苦難、消滅「自然」磨難（老邁）和「偶然」磨難（疾病）的機會；它預示著以往冒險和不可避免性出雙成對的場合有了**自由**的機會（自由意味著選擇人性品質的權力，意味著擴大才能、知識、智力的可能性，意味著隨心所欲地賦予四肢、臉蛋、身體、感覺以任何形式和功能的機會，甚至是幾乎永恆的形式和功能的機會等等）。

面對這些允諾應該怎麼辦呢？那是為已經完成的事項所證實了的允諾啊。唉，投身於凱旋之舞吧！文化，那瘸子的手杖、跛子的拐杖、癱瘓者的輪椅、遮羞身體的補丁系統，掩蓋勞累病體醜態的文化，那幫了大忙且服務過度的伴侶，應該被宣布為不合時宜，別無它用了。對於能夠長出新肢的人來說，假肢又有什麼用呢？我們讓盲人復明，他還必須把白色拐杖抓在胸前嗎？恍然大悟之後，要他重新求得蒙昧嗎？是不是應該把那失去用途的破爛扔進歷史的博物館去休息，然後蹦蹦跳跳地上路，奔赴在前方等待著的那

艱鉅而光輝的任務和目標？只要我們身體的本質是不透風的牆，是難以化解的屏障，是存在的極限，生長緩慢，衰老過快，那麼，文化就方便我們適應這個可憐的現狀，直到千秋萬代。它說服我們接受現狀，而且作者還表明，它真的把缺點變成了優點，缺陷變成了優勢。彷彿某個注定與破爛醜陋的爛車相守的人，漸漸愛上了它的弱點，發現車的破相是崇高理想的證據，車的無窮無盡缺陷是自然法則，是創世定律；他感覺到上帝本人之手就在嘟嘟的化油器裡，在嗞嗞作響的排擋裡。只要看不到另一輛車，這輛車就是十全十美的，非常合適，是唯一正確的車型，乃至理性的策略，人們這樣想。不過，現在新的車輛已經在地平線上升起了呢？死守破爛的車輪輻條，為必須捨棄的醜陋而悲歎，叫喊「救命，救救我！」以免遭到漂亮流線型的新型號的殲滅？這種心理可以理解，千真萬確。人們屈就於自己進化上七拼八湊的秉性，這個過程太漫長了──好幾個千禧年哪！古往今來，那巨大的委曲，使我們愛上既有的狀態，不管多麼悲慘，多麼邋遢，不管有多貧病交加而生理上千瘡百孔。

　　人類在接二連三的文化構造中，拼命為此而幹苦役，竭盡全力支配自己，讓自己相信命運是絕對必要、至高無上、獨一無二，特別是不可更改的。如今，看到自己解脫了，就退縮、發抖、捂住眼睛、發出恐懼的喊叫，避開技術「救星」，希望逃到任何地方，甚至爬著去森林，希望能拿著那知識之花，那科學奇蹟，用雙手摔破它，踩在腳下，只要不把他的古老價值觀交給垃圾堆，他用身上的鮮血滋養的，醒著、睡著都在培育的價值觀，直到他強迫自己接受……並對它們產生深刻的愛！可是，這種荒唐行為，這種震驚、恐

文明算作錯誤　Die Kultur als Fehler

慌，從任何理性的觀點看，是特別愚蠢的。

對，文化是個錯誤！但僅僅因為閉眼拒光，生病忌醫，高明醫生站在病榻旁而要求燒香行巫術，才是個錯誤。這個錯誤直到我們的知識增長到一定水平時才存在；這個錯誤——它是抵抗，執拗而冥頑不化的對抗，頑固的反感，它是害怕的顫抖，我們現代「思想家」喜歡稱它為對世界現有變化的智慧評估。文化那假體系統必須拋棄掉，以便我們能把自己託付給知識，讓它再造我們，賦予我們完美；完美也不會是虛構的，不會是勸導我們去做的或者賣給我們的東西，不會是根據拐彎抹角、自相矛盾的規定和教條的詭辯術而得出的東西。它將是純物質的、事實的，完全客觀的完美：存在**本身**將是完美的——不僅僅停留於它的闡述，它的解釋！文化是「進化的偶然性低能現象」的捍衛者，是事業失敗的巧舌如簧辯護者，是為原始主義和身體魯莽行為的狡辯喉舌，它必須自我消除，因為人類的案子正在呈遞到更加高級的法院，而必然性之銅牆鐵壁，直到目前為止還是不可違反的，現在這些「必然」倒塌了。技術發展意味著文化的毀滅嗎？它在至今仍然受生物學制約的地方提供了自由嗎？當然是的！我們不能因失去羈絆而落淚，而應該加快步伐離開那黑暗的屋子。於是（結局開始了，抑揚頓挫的結論）：關於年高德劭的文化受到新技術的威脅的一切說法都是對的。但人們不必在意這一威脅；不必將土崩瓦解的文化拼合起來，用鉗子卡緊它的教條，不必勇敢地抵禦高等的知識對我們身體、我們生活的入侵。文化今天仍然是一種價值觀，明天將成為另一種價值觀：即時代錯誤。而文化曾經是大孵化所，是子宮，是發現過程孕育、痛苦地誕下科學的孵化器。正如胎兒發育消耗著惰性而被動的蛋清物質

一樣，蓬勃發展的技術消耗、消化著文化，並且將其化為自己的物質。這就是胚胎和卵蛋的癖性。

克洛佩說道，我們生活在過渡時代，從來沒有像過渡期一樣無可名狀地難以分清已經走過的路和走向未來的路，因為這個時期概念混亂。然而，該過程已經勢不可擋地開始了。人們絕不能認為，從生物羈絆王國向自我創造的自由王國過渡，可以是一蹴而就的行為。人類無法一勞永逸地完善自己，而自我改造過程將持續數個世紀。

「我斗膽放話，」克洛佩說道，「向讀者保證，人文主義者的傳統思想受到科學革命的騷擾而苦於一個兩難問題，那就是獵狗渴望已經解去的項圈。這個兩難問題歸根結底是認為，人類是一批無法揮去的矛盾，甚至連科技上都不可能揮去的矛盾。換言之，禁止我們去更改身體的形狀，去削弱侵略的欲望，加強智力，平衡感情，重組性別，解救人的衰老，解救生育的陣痛，禁止的理由是沒有先例，而從來沒有做過的事情，就事論事，肯定是最最邪惡的。根據科學，不允許人文主義者把現有的人類身心看作是進化過程中一系列隨機拖曳，千禧年內部的痙攣所產生的向量，進化過程由於地殼隆起、大冰川、恆星爆炸、磁極變遷等無計其數的偶然事件而向四面八方衝撞。什麼進化先從低等動物，後到類人猿，以彩券抽獎方式沉澱，然後由於選擇而掃進一堆，就像賭台擲骰子一樣日復一日地凝固到基因裡，我們被告知，它們自始至終不能碰，神聖不可侵犯，而世界沒有邊界——就是不知道它為什麼就得這樣，而不是那樣。彷彿文化對我們給予它的診斷忿忿不平，至少我們的意圖是高尚的嘛，它討厭我們揭露了人類為自己構造最大、最困難、最

想入非非、最虛假的謊言，把他從基因欺騙仍然在進行、進化過程在染色體中變戲法作假的昏暗賭場裡，突然間投入了智慧存在的光天化日之下。賭戲是骯髒的舞弊，根本沒有任何崇高的價值觀或者目標加以引導；其證明在於，在那個山洞裡，東西只有**今天**才生存——根本不在乎如此窩囊、機會主義地，因而不光彩地活著的人，**明天**結局怎麼樣。由於一切的一切進行得跟我們的人文主義者（已經嚇得發抖了）的一廂情願恰恰相反，那個傻瓜，那個蠢蛋，他沒有權力自稱理想主義者的，所以文化將隨著人類變化的步伐被清除，打掃乾淨，分割包裝，打倒，消滅。只要基因神出鬼沒，只要適應性機會主義決定著存在，就沒有神秘，而只有受騙者的追悔莫及，猴子祖先的可怕遺傳，順著那假想天梯往上爬終究跌下，生物學拖著你的褲褶往下栽，哪怕你給自己加上羽毛、光環、無懈可擊的概念，哪怕你咬緊牙關發揚土裡土氣的英雄主義。一些必不可少的東西絕不會遭到破壞，而逐步逐步消失的將是已經要上斷頭台的迷信、證明、搪塞、蒙混，一句話，是可憐的人類祖祖輩輩為了使令人作嘔的狀況舒服一點兒，所訴諸的整個詭辯術。在下個世紀，從資訊爆炸的塵埃裡，將出現『優化人』、『自我創造者』，他會取笑我們的卡珊德拉——假定他有笑的器官的話。人們應該為這種機會喝彩，聲稱它是無比幸運的宇宙地球事件進程，面對把人類從絞刑台上帶下來、斬斷我們各自拖著自己的鎖鍊的那個神力毫不顫抖，等待著自己的體力潛能最終耗竭，並且經歷自我扼殺的死亡痛苦。哪怕全世界仍然默認進化替我們烙印上的狀態，這遠遠比我們烙印在惡貫滿盈的罪犯身上的東西惡劣，但我個人卻永不同意，即使躺在臨終病榻上也要喊叫：打倒進化，自我創造萬歲！」

152

這部鉅著是富有教益的，我們以摘錄其中的論點來結束討論。其教益在於證明，凡是有人認作罪惡和災禍化身的東西，總有人在同時同刻當作天賜之物，並把它提升到完美的頂峰。本評論家認為，技術進化不能宣稱為人類存在的萬靈藥，這僅僅是因為優化的標準太複雜，太相對主義，無法當作普遍模式（用經驗主義的語言，也可以說是當作拯救程式準確無誤的準則）。不管怎麼樣，我們向讀者推薦《文明是錯誤》，因為它符合時代特徵，並再次試圖描述未來——儘管未來學家和克洛佩這樣的思想家同心勉力為之，未來仍然一團漆黑。

13 | 爭辯的價值——
《不可能》二書裡的證據表演

西撒・庫斯卡 Cesar Kouska /
上下兩卷，布拉格，國家文學出版社（Statni Nakladatelstvi N. Lit.）

不可能的生命 & 不可能的未來

De Impossibilitate Vitae & De Impossibilitate
Prognoscendi

　　封面上的作者是西撒・庫斯卡，但書中引言的署名是本尼迪克特・庫斯卡（Benedykt Kouska）。是印刷錯誤，校對失察，還是不可思議的欺騙伎倆？我本人喜歡本尼迪克特這個名字，所以就用它吧。為此，要感謝庫斯卡教授，我捧讀他的大作，度過了人生幾個最最快樂的時辰。書中闡述的觀點無疑與正統科學格格不入，但此處並不涉及純粹的瘋狂；那東西處於兩者之間，是沒日沒夜的過渡區，頭腦放鬆了邏輯的束縛，但還沒有脫離得語無倫次。

　　庫斯卡教授寫的作品存在著以下的相互排斥關係：要嘛博物學的基礎——機率論從根本上就錯了，要嘛以人為首的生物界不存在。此後，第二卷中，教授認為，未來學若要成為現實，而不是空洞的錯覺，有意無意的欺騙，那麼該學科就無法利用機率演算，而要求實行截然不同的計算，即「基於相反極公理的理論，涉及更高級事件時空連續系統裡，實際上無可比擬的總體分佈」（庫斯卡此話也說明，讀此書的理論部分相當有難度）。

庫斯卡一開始就透露，經驗機率論的中間部分有缺陷。我們不確切知道一事物時，就使用機率概念。但我們的不確定性要嘛純屬主觀性（我們不知道將發生什麼，但別人可能知道），要嘛屬於客觀性的（沒有人知道，沒有人能夠知道）。主觀性機率是資訊無力干涉的範圍，我不知道哪匹馬會跑第一，便根據馬匹數量進行猜測（如果有四匹馬，每匹馬有四分之一的獲勝機會），這種行為就像瞎子在擺滿家具的房間裡轉。機率論彷彿是瞎子的拐杖，用拐杖摸清路徑。假如你能夠看見，就不需要拐杖；假如我知道哪匹馬跑得最快，就不需要機率論了。眾所周知機率論的主觀性或者客觀性問題，把科學界分成了兩大陣營。某些人認為，存在兩種機率論，如上述，另一些人認為，只存在著主觀性機率論，因為不管人們以為發生了什麼，**我們**不可能充分認識它。因此，有些人把未來事件的不確定性放在我們對它的認識的門口，而另一些人把它放在事件本身的界線之內。

　　假如要發生的事情真正地發生了，那就確實發生了：這就是庫斯卡教授的主要論點。機率論只有在事物尚未發生時才有效。科學就這樣斷言。但人人都知道，兩個人決鬥，開槍射出兩顆子彈，半空中就相互撞扁，還有，吃魚咬到六年前出海時不慎掉落海裡而被這條魚吞吃掉的戒指，鬧得食者牙齒迸裂，還有，無獨有偶，在廚房器具店以三／四拍子演奏柴可夫斯基B小調小奏鳴曲，圍攻中爆炸子母彈，子母彈發出的金屬球恰恰按照作曲要求，打擊大大小小的鍋碗盤盆——這一切，任何一件即使發生，也會構成絕不可能的事情。科學在這方面規定，這些事實的發生頻率，在事實所屬的事件集合中，也就是，在所有決鬥的集合中，在吃魚中發現失物的集合

中，在家用品售賣商店中轟炸的集合中，可以忽略不計。

　　庫斯卡教授說，科學在向我們兜售一條思路，因為其關於集合的胡扯純屬虛構。機率論一般能告訴我們，等待特定事件，等待特定的機率非常低的事件要多久，換言之，必須重複決鬥、丟戒指、打鍋碗多少次，才能使上述的奇妙情事發生。這是廢話，為了使極不可能的事情發生，根本就不需要使其所屬事件的集合呈現一個連續集。如果我一次擲十個硬幣，知道十個正面或者十個反面同時朝上的機會為將近1:796，當然就不必擲幣七九六次以上，以便使十個正面或者十個反面朝上的機率等於一。我總是可以說，我擲幣是一個實驗的繼續，它包括以前同時擲十個硬幣的全部結果。在地球歷史過去五千年的過程中，這種擲幣動作肯定不勝枚舉；因此，我真的應該指望立刻出現全部硬幣正面朝上或者反面朝上的情況了。同時，庫斯卡教授說，就請你把希望寄託在這種推理上吧！從科學的角度看，這是千真萬確的，因為無論是一刻不停地擲幣，還是放一下，歇口氣吃一點耐拉奇湯糰（knedlach），還是去街角酒吧喝一杯，還是並非同一人擲幣，每次換人，不是當天完成，而是每週或每年擲一次，這一切對於機率的分布毫無影響，毫不相干；於是乎，無論是腓尼基人坐在羊皮襖上擲幣，還是讓一把火燒毀特洛伊的希臘人擲幣，無論是皇帝統治時期的古羅馬皮條客，還是高盧人、條頓人、東哥特人、韃靼人、把俘虜驅趕到伊斯坦堡古城的土耳其人、該城加拉塔商業區的地毯商、販賣兒童十字軍的商人、獅心理查、羅伯斯比（Robespierre），還是數以十萬計的其他賭徒擲，不管是誰擲幣，也完全不相干；結果擲幣時，我們可以考慮該集合為極大，而我們同時擲出十個正面或者十個反面的機會可謂大矣！

你倒擲擲看，庫斯卡教授說，他抓住某個學問淵博的物理學家或者其他機率論者的胳膊不放手，誰叫他們不喜歡別人當面指出其方法上的錯誤呢。你倒是試試呀——就會發現是一場空。

接著，庫斯卡教授著手一個廣泛的思想實驗，未涉及某種假設現象，而事關他本人的履歷。在此，我們概要重複一下此項分析的某些有趣片段。

第一次世界大戰期間，一位軍醫把一個護士從手術室趕出來，她錯誤地闖入時，他正在做手術呢。要是護士熟悉醫院情況的話，就不會把手術室的門當作急救站的門了；要是她沒有闖進手術室呢，醫生就不會把她趕出來了；要是他沒有趕她，他的上級團部醫生就不會讓他注意，他對該女士行為粗魯（她是志願者、上流社會的小姐）；要是上級沒有讓他注意，青年軍醫就不會認為有義務去向護士道歉，就不會帶她去喝咖啡，愛上她，娶她為妻，於是庫斯卡教授就不會出世，他是這對夫婦的孩子。

由此可以看出，庫斯卡教授（作為新生兒，而不是分析哲學系主任）出世的機率，是由護士於某年某月某日某時是否走錯門的機率所決定。但事實根本不是這樣的。青年軍醫庫斯卡之父當天根本沒有安排做手術，然而，戰友珀皮查醫生想把換洗衣服從洗衣站搬到姑姑家，來到姑姑家裡，那裡的保險絲正好燒斷了，樓梯間的電燈不亮，所以他在爬第三級樓梯時摔倒，扭了腳踝；於是，庫斯卡不得不替他做手術。要是保險絲不斷，珀皮查就不會扭壞腳，那就是他做手術，而不是庫斯卡了；再說他這個人平時對女士彬彬有禮的，就不會對誤入手術室的護士惡語驅逐了，既然沒有污辱她，也就不會有必要安排與她促膝談心了；不管有沒有促膝談心，反正

絕對可以肯定，從珀皮查和護士的可能結合中，結果不會產生庫斯卡，而是另有他人了；而關於後者出世的機會，就不是本專案的研究範圍了。

專業統計學家了解這個世界裡事態的複雜性，一般盡力避開處理某人出世這種事件的機率的局面。為了擺脫你，他們就說，我們面臨的局面是大量多枝來源隨機鍊的巧合，因此特定卵子和特定精子結合的時空點，確實在原則上、往虛裡說是確立的；但往實裡說，人們永遠無法積累起足夠乘方的知識，也就是說包容一切的知識，以便實實在在地預測（具有Y特徵的個體X出世的機率，或者說人們必須繁衍**多久**，才能肯定具有Y特徵的某個個體絕對確定地出世）。但是，不可能性只是技術性的，不是根本性的；關鍵在於收集資訊困難，而不是世上缺乏（聽他們講）這種資訊供收集。統計科學的這一謊言，庫斯卡教授打算揭穿它。

我們知道，庫斯卡教授能夠出生的問題，並不單單地簡化為「走對門，走錯門」的選擇。計算他誕生的機會，絕不能光考慮一個巧合，而要考慮許多巧合：護士被派到此家而不是彼家醫院的巧合；慈善團白頭巾陰影下，她的笑容從遠處看酷似蒙娜麗莎的巧合；還有斐迪南大公在薩拉耶弗遇刺的巧合，要是他不遇刺，戰爭就不會爆發，要是戰爭沒有爆發，姑娘就不會成為護士；而且，由於她是捷克奧洛穆茨人，而軍醫是捷克俄特拉發人，兩人很可能根本無緣相見，不管是醫院，還是其他地方。因此，我們還必須考慮到刺殺大公的彈道學一般理論，射中大公受其座車移動的制約，則還應考慮一九一四年汽車型號的運動學理論，還有刺客心理學，不是佔據該塞爾維亞人位置的所有人都會向大公開槍的，哪怕有人開

槍，也不一定射中，比如他的手激動得發抖；因此，該塞爾維亞人手勢穩健、目光炯炯和不發抖，就在庫斯卡教授誕生的機率分配上佔據一席之地。當然，一九一四年夏歐洲的總體政治形勢也不應該忽視。

　　反正結婚沒有發生在當年，一九一五年也沒有結，是年小兩口正兒八經地相識了，而軍醫奉調到了波蘭普熱梅希爾要塞。後來他又被派遣到了烏克蘭利沃夫，這是小姑娘瑪麗卡的家，他父母出於經濟原因要納她為媳。然而，由於薩姆索諾夫攻勢，和俄軍南翼的調動，普熱梅希爾要塞被圍，很快，軍醫在要塞陷落時被俄軍俘虜，無法去利沃夫與未婚妻聚首。現在，他記憶裡的護士栩栩如生，蓋過了未婚妻，護士不但人長得漂亮，而且歌唱「親愛的，睡在你的花床上」比瑪麗卡要甜美得多，後者的聲帶長了息肉沒有開掉，所以喉嚨經常嘶啞。實際上，瑪麗卡原本安排在一九一四年開刀割掉息肉，但原定主刀的耳鼻喉科醫生在利沃夫賭場輸了一大筆錢，無力付清賭債（他是軍官），他沒有飲彈自殺，而是去搶劫團部的錢箱，逃出義大利。此事使得瑪麗卡憎惡起了耳鼻喉科醫生，還沒有定下換誰開刀就訂了婚。作為未婚妻，她只得唱「親愛的，睡在你的花床上」，她的歌唱，即記憶中粗啞而斷斷續續的嗓音，與布拉格護士的清純音色對比強烈，這對於未婚妻是不利的，它造成了護士在軍醫俘虜庫斯卡心目中的地位不斷上升，蓋過了未婚妻的形象。最後，他一九一九年回到布拉格時，甚至沒有考慮過去尋找以前的未婚妻，而是直奔妙齡護士小姐的住所。

　　不過，這護士有四個求愛者，全部向她求了婚，而她與庫斯卡之間除了獄中寄來的明信片別無實物可言，而明信片本身為軍方審

160

查郵戳所玷污，不能指望在她的心裡激起任何持久的感情。她的第一位求婚者叫哈姆拉斯，是不開飛機的飛行員，因為踩方向舵時老是疝氣發作，那是由於當年飛機上的方向舵很難推動，畢竟還是航空的草創時代嘛。哈瑪拉斯已經做過一次手術，不成功，他疝氣復發了，復發是因為手術醫生在腸線縫合時出錯；因此，護士羞於嫁給不上天的飛行員，他成天要嘛候在醫院接生室，要麼在查閱報紙廣告，求購貨真價實的戰前疝帶，他猜想這種疝帶最終會讓他重返藍天；不過，戰爭搞得好疝帶難覓啊。

我們應該注意到，此刻庫斯卡教授的「生存還是毀滅」問題與一般航空史、具體講是奧匈帝國軍隊使用的飛機型號聯繫起來了。具體地講，庫斯卡教授的誕生，肯定受到一九一一年局勢的影響。當時奧匈帝國政府獲得造單翼飛機的特許，其方向舵很難操縱，飛機規定要在維也納新城的工廠製造，事實也是如此。在投標過程中，法國安托瓦內特公司與來自美國法曼公司廠競爭特許權，法國公司贏面較大，因為帝國皇家裝備部普查爾少將養著法國情婦，是替孩子請的家庭教師，於是將軍悄悄愛上了法國的一切，他會偏袒法國的型號；那當然會改變機會的分佈，因為法國造的是雙翼飛機，後掠機翼，方向舵的控制杆容易推動，不會誘發哈姆拉斯的毛病，為此護士最終可能嫁給他。當然，雙翼飛機的「排氣錘」很難操縱，而哈姆拉斯的肩膀不結實；他甚至患了所謂的「書寫痙攣」，連簽名都有困難（跟他的全名長度也有關係，他叫阿道夫‧阿爾弗雷德‧馮‧梅森－魏登內克‧楚‧奧流拉和明納薩克斯，哈姆拉斯男爵）。所以，哪怕沒有疝氣，哈瑪拉斯由於手臂軟弱**也會**在護士的眼裡失去魅力。

但家庭教師的生活道路上，冒出了某個俗氣的小歌劇男高音，他神速地使她有了孩子，普查爾中將把她逐出家門，對法國貨也趣味索然，軍隊留下了維也納新城公司持有的法曼特許產品。家庭教師是在競技場遇到的男高音，她是陪同普查爾將軍的幾個大女兒去的，小女兒得了百日咳，他們讓沒有得病的孩子們遠離病童——要是沒有將軍家廚子的熟人帶來百日咳，就不會染病，不會帶孩子們去競技場，不會遇到男高音，就不會有不忠情事了，那個熟人送咖啡去吸煙室，他喜歡在晨間來將軍家玩，實際上是看望廚子；因此安托瓦內特公司的競標就會獲勝了。可是，哈姆拉斯遭到了拋棄，娶了國王陛下欽定供應官的女兒為妻，跟她生了三個子女，其中一個是沒有疝氣的時候生的。

　　護士的第二個求愛者彌斯尼亞上尉沒有毛病，但他去了義大利前線，因風濕症而病倒了（當時是冬季，在阿爾卑斯山區）。至於他退職的原因則眾說紛紜；上尉在洗蒸氣浴，一顆點二二口徑的炮彈擊中了樓房，上尉赤條條地炸飛到雪地裡，他們說，積雪解決了他的風濕症，可是他得了肺炎。然而，要是弗萊明教授發現青黴素不是在一九四一年，而是在一九一〇年什麼的，那麼上尉就可以擺脫肺炎，並且回到布拉格康復，那樣的話，庫斯卡教授出世的機會就大為縮小了。為此，抗菌藥領域的發現日曆，在庫斯卡的崛起中扮演著大角色。

　　第三個求愛者是個體面的批發商，但姑娘不喜歡他。第四個眼看肯定要娶到她了，但由於一杯啤酒而作罷。最後這位情人債務纏身，希望靠嫁妝來還債；他的過去也是異常坎坷的。他家裡人陪姑娘和求婚者去了紅十字會抽獎銷售，但午飯端上來的是匈牙利小牛

肉，姑娘的爸爸渴得不行，就離開大家聽軍樂的餐廳，去喝了一手生啤，喝的時候碰到了打算離開銷售場的老同學，要不是喝啤酒，他們肯定不會相聚的；老同學從嫂子那裡了解了該求愛者的底細，毫不隱瞞地對姑娘她爸爸和盤托出。他彷彿還添油加醋的，反正爸爸勃然大怒，快要公開的訂婚隨之不可挽回地破產了。要是爸爸不吃匈牙利小牛肉，他就不會感到口渴，就不會出去喝啤酒，就不會遇到老同學，就不會知道求婚者的債務；訂婚就會圓滿完成的，由於是戰爭時期，婚禮也會接踵而來的，一九一六年五月十九日，牛肉中多加了紅辣椒，就這樣救了庫斯卡教授出世的命運。

至於軍醫庫斯卡，他獲釋後回到了軍醫隊伍，接著加入了求愛者名單。嚼舌頭的人告訴他求婚者的事情，特別是已故彌斯尼亞上尉（願他安息），據說他跟姑娘的關係已經非同一般，儘管她同時仍在給俘虜回明信片。軍醫庫斯卡天生急性子，打算解除已經締結的婚約，尤其是在他收到了姑娘寫給彌斯尼亞的幾封信之後（上帝知道，信件怎麼落到了布拉格某惡人手裡的），外加一封匿名信，說明庫斯卡在充當姑娘的第五個備胎。婚約並沒得到解除，因為軍醫跟爺爺交談了一番，爺爺實際上從小就是他的爹，軍醫的父親是個放蕩的二流小子，根本沒有養育過他。老人的思想觀點非常進步，他認為姑娘的腦筋容易轉彎，特別是用未婚夫身穿軍裝，以軍人隨時可能捐軀為藉口。

於是，庫斯卡教授的爸爸就這樣娶到了該姑娘。要是他爺爺觀念不同，要是該自由派老頭沒活到八十歲就謝世，就很可能結不成婚。誠然，爺爺的生活方式極其健康，不折不扣地參加了內普神父囑咐的水療；不過，每天早晨冷水淋浴是延長了爺爺的壽命，但究

163

竟在多大程度上增加了庫斯卡教授出世的機會，是無從確定的。軍醫庫斯卡的父親是個厭女症信徒，肯定不會出面幫助受詆毀的姑娘；但自從他結識塞格‧迪瓦尼先生並成為其秘書以來，就對兒子沒有影響了，他跟老闆去了蒙特卡羅，回來時認准了富孀伯爵夫人告訴他的一個輪盤賭破莊法，運用此法——他輸光了全部財產，並遭到拘留，還不得不把兒子託付給父親看管。要是軍醫的父親沒有屈服於賭魔，其父就不會棄絕其父子關係，那麼——又來了——庫斯卡教授的出世就子虛烏有了。

讓天平傾向使教授誕生的因素是塞格先生，全名塞吉烏斯‧迪瓦尼。他厭煩了波士尼亞的莊園，厭煩了老婆、丈母娘，便雇了庫斯卡（軍醫之父）當秘書，帶他去了海邊，因為庫斯卡教授的祖父懂外語，見過世面，而迪瓦尼儘管名字是外語，卻除了克羅埃西亞語什麼都不懂。要是迪瓦尼先生年輕時受到父親更好的照看，不是追逐女性，而是學外語，就不需要翻譯了，就不會帶庫斯卡祖父去海邊了，後者也就不會在蒙特卡羅做了賭徒回來，於是不會遭到其父的詛咒、拋棄，其父就不會從小就把軍醫攬在門下，就不會給他灌輸自由思想，軍醫就會跟那姑娘斷絕往來，那麼——又來了——庫斯卡教授就不會在這個世界上露面了。迪瓦尼先生的父親無意監管兒子應該學外語時的教育進度，因為兒子的相貌令他想起某個教會高僧，迪瓦尼先生對他暗中懷疑，認為那高僧是小塞吉烏斯的生父。因此，他下意識地討厭兒子，也就疏於管他了，結果塞吉烏斯極不應該地荒廢了外語學習。

孩子父親的身分問題其實很為錯綜複雜，因為連小塞吉烏斯的母親都說不準他是老公生的還是教區牧師生的，她無法確認他

是誰的兒子，因為她相信凝視會影響胎兒。她相信「凝視受孕」，是因為她的世事權威是她的吉普賽奶奶。請注意，我們現在談論的是小塞吉烏斯・迪瓦尼的太外婆和庫斯卡教授誕生機會的關係。迪瓦尼生於一八六一年，他母親生於一八三二年，吉普賽奶奶生於一七九八年。於是，十八世紀末——換言之，庫斯卡教授誕生前一百三十年——在波士尼亞和赫塞哥維那所發生的事情，對於他的出世機率分佈產生了實實在在的影響。但吉普賽奶奶也不是出現在真空中的。她不想嫁給東正教的克羅埃西亞人，尤其是因為當時整個南斯拉夫處於土耳其的奴役下，嫁給基督徒對她可沒有好處。但這位吉普賽姑娘有一位年長她很多的叔叔，他在拿破崙手下打過仗，據說他參加過法國「大軍」從莫斯科郊外撤退的戰鬥。不管怎麼樣，他在法國皇帝手下當兵回國後，就堅信宗教之間的差別沒什麼了不起，他仔細觀察過戰爭的差別，因此他鼓勵侄女嫁給克羅埃西亞人；儘管他是異教徒，卻是不錯的小夥子，人長得英俊瀟灑。於是，迪瓦尼先生的太外婆嫁給克羅埃西亞人，就增加了庫斯卡教授誕生的機會。至於那位叔叔，要是在義大利戰役期間不住在亞平寧地區，就不會替拿破崙打仗，他是由主人牧羊莊園主派到那裡去的，送羊皮襖貨物。他遭到帝國衛隊騎兵巡邏隊的攔截，被迫選擇要嘛入伍，要嘛成為隨軍商販，他寧願當兵。要是吉普賽叔叔的主人沒有牧羊，要是他牧羊卻沒有做義大利有銷路的羊皮襖，要是他並沒有派這位叔叔送羊皮襖去義大利，那麼巡邏隊就不會抓住吉普賽叔叔，而這位叔叔要是沒有在歐洲南北轉戰，不觸動他的保守觀點，就不會鼓勵侄女嫁給克羅埃西亞人。於是小塞吉烏斯的母親就沒有吉普賽奶奶，從而不相信凝視受孕，就不會認為她僅僅看著牧

師在聖壇上唱著男低音張開臂膀就能受孕產子——生出跟牧師一模一樣的人。這樣，她的良心就清清白白了，不會懼怕丈夫了，就會為自己辯護，推倒不貞的指控，而丈夫不再能在小塞吉烏斯的目光裡看到邪惡，就會重視兒子的教育，塞吉烏斯就會懂外語，也就不需要雇任何翻譯，於是，軍醫庫斯卡的父親就不會跟著他去海邊，就不會成為賭徒、敗家子，（作為厭女症患者）就會催促兒子放棄那姑娘，誰叫她與已故彌斯尼亞上尉（願他安息）調情，結果，又來了，這個世界上就不會有庫斯卡教授了。

　　不過，請觀察到目前為止，我們考察了庫斯卡教授誕生的機率範圍，事先假定他的偶發雙親是存在的，我們僅僅通過引入其父或其母行為中完全可信的極小變化，來減少誕生的機率，是由第三方（薩姆索諾夫將軍、吉普賽奶奶、迪瓦尼母親、哈姆拉斯男爵、普查爾少將的法國家庭女教師、弗朗西絲‧約瑟夫一世皇帝、斐迪南大公、萊特兄弟、治療男爵疝氣的外科醫生、瑪麗卡的耳鼻喉科醫生……等等）的動作引起的變化。當然，同類分析肯定也適用於嫁給庫斯卡軍醫的護士姑娘的出世機會，乃至軍醫本人。小姑娘要出世，未來軍醫庫斯卡要出世，必須出現幾十億、千萬億次的情況，而且也真的出現過這種情況。同理，無計其數的情況決定著他們的父母親、祖父母、曾祖父母等等的出世。似乎毋庸置疑，要是生於一六七三年的裁縫弗拉基米爾‧庫斯卡沒有出世，隨之也不會出現他的兒子、孫子、曾孫，就沒有軍醫庫斯卡的曾祖父，就沒有軍醫庫斯卡本人，就沒有本尼迪克特教授。

　　同樣的推理適用於庫斯卡家族和護士家族的先祖，他們還沒有變成人呢，而是在初始石器時代四足當手用和棲於樹上的動物。

當時第一個古猿人追上了一個四足當手用動物，感到他要打交道的是個雌性，便在桉樹下佔有了她，桉樹的生長地在今布拉格馬拉史特那拉小城區。由於淫蕩的古猿人和那個四足當手用似類人猿靈長母體進行了染色體混合，產生了那種減數分裂，那種基因座位連鎖，經過三萬代的遺傳，在護士姑娘的臉上產生了跟達文西油畫一般的笑容，隱隱約約像蒙娜麗莎的微笑，令年輕的庫斯卡神往。但這棵桉樹原本難道不可以生長在四米以外嘛，那樣那隻四足當手用的雌猿就可以逃離追她的古猿人，就不會四腳朝天地絆倒在桉樹的粗大樹根上，從而及時爬上了樹，就不會受孕。而要是她不懷孕，那麼情況就有些許變化，漢尼拔越過阿爾卑斯山、十字軍東征、百年戰爭、土耳其人佔領波士尼亞和黑塞哥維那、拿破崙的莫斯科戰役，以及億億萬萬類似事件，發生微小的變化，就會導致庫斯卡教授不再可能出生的情況。由此可見，他生存機會的範圍內，包含著一個機率次類，就是大約三十四萬九千年前，現代布拉格地區生長的全部桉樹的分佈。而那些桉樹之所以在那裡生長，是因為大群的衰弱猛瑪象為了逃避劍齒虎的追殺，吃飽了桉樹花朵，花朵刺痛了唇顎，還消化不良，便喝下巨量的伏爾塔瓦河水；河水當時有通便效果，使他們全體排便，於是桉樹種籽便種在了從前沒有桉樹的地方；要是河水沒有當時伏爾塔瓦河的山澗支流注入而硫化，猛瑪象就不會為此拉肚子，就不會引起桉樹叢在如今的布拉格地方生長，那只四手雌猿逃離古猿時就不會四腳朝天，就不會出現那基因座位把蒙娜麗莎的微笑遺傳給姑娘的臉的現象，並迷倒年輕軍醫；所以，要不是猛瑪象腹瀉，庫斯卡教授也不會出世的。

不過還請注意，伏爾塔瓦河水硫化發生在大約西元前兩百五十

萬年，這是由於地質構造的主地槽平移斷層產生了塔特拉山脈的中心；這個構造引起了下侏羅紀岩系泥灰岩層噴出含硫氣體，因為在迪納拉山脈地區發生了地震，是由百萬噸級質量的流星觸發的；此流星來自獅子座流星群，要是它沒有朝迪納拉山脈落下，而是掉得更遠些許，地槽就不會扭曲，含硫沉積就不會露頭見空氣，使伏爾塔瓦河水硫化，河水便不會造成猛瑪象腹瀉。由此可見，要是流星沒有在兩百五十萬年前掉下迪納拉山脈，庫斯卡教授也不可能出生。

庫斯卡教授提請人們注意，有人從他的論據中容易得出錯誤的結論。他們以為，從前面闡述的東西，可以認定整個宇宙（請聽清楚）就是機器狀的東西，機器的組裝和運作方式有利於庫斯卡教授誕生。這顯然是胡說八道。讓我們想想，一個觀察家希望在地球創世十億年前就計算地球誕生的機會吧。他將無法準確預見，行星形成渦流會給未來地球的核心以什麼形狀；他無法精確計算其未來質量和化學成分。然而，他根據自己的天體物理學知識，根據自己熟悉的引力理論和恒星結構理論預言道，太陽將擁有行星家族，圍繞它公轉的行星中，從太陽系中心往外數有第三號行星；儘管它跟預言宣佈的看上去不同，這顆行星可以當作地球，因為比地球重百億噸的行星，擁有兩個小月亮而不是一個大月亮的行星，或者海洋覆蓋面積的百分比更大的行星，肯定還是地球。

相反，西元前五十萬年時有人預言的庫斯卡教授，不管是生為兩腿有袋類動物，還是黃皮膚女人，還是佛門和尚，顯然不再成其為庫斯卡教授了，不過——也許他仍然是人。因為像恆星、行星、雲彩、岩石這樣的物體，根本不是獨一無二的，而所有活的有機體是獨一無二的。彷彿每個人都是中了頭彩的，而且這種彩券的中

獎是兆兆千兆兆數10303比1的勝算。那我們平時為什麼不感到我們自己或者別人出世機會的天文數字級別的微乎其微？庫斯卡教授答道，理由是哪怕是極不可能發生的情況，假如發生了，就是實實在在的發生！還因為在普通樂透彩券中，我們同時看到巨量的落敗彩券，跟一張中彩券；而在生存博奕中，落敗的彩券是無處可找的。「生存博奕中落敗的機會是隱形的！」庫斯卡教授解釋道。當然，在那種贏者通吃的彩券賭博中，落敗就是不出生，而沒有出生的人，就不能說是存在，絲毫也不。讓我們引用作者的原話，從卷一（《不可能的生命》）第六一九頁第二十四行開始：

　　某些人來到世上，是父母雙方早早就提前安排而結合的產物，特定個體的未來父親和未來母親在孩提時代就緣定終身了。這種婚生兒的出世，給此人一個生存機率非常高的印象，而截然不同於父母親原來是在戰時大遷徙中邂逅的人，還有乾脆是拿破崙的輕騎兵從白俄羅斯別列津納河逃亡途中，在村邊遇到一個村姑，不僅僅喝了她的水，而且奪走了她的貞操，才受孕的人。這種人會以為，要是輕騎兵著急一點，感到千百哥薩克騎兵在尾隨追擊，或者要是他母親並不在村邊天知道在找什麼，而是安分守己地呆在家裡壁爐邊烤火，他就不會存在，換言之，他的生存機會跟事先包辦的父母之子相比，簡直懸若遊絲。

　　但這種觀念是錯誤的，因為聲稱任何人誕生機率必須從特定個體的未來父親和未來母親出世算起，絕對是無稽之談。把**那個事情**當作機率尺度的零點吧。假如我們有一個迷宮，一千間房間由一千道門連接，那麼從入口進、出口出穿越迷宮的機率，取決於找路者

穿過的其後所有房間中全部選擇的總數，而不是在某個房間內找到正確門徑的孤立機率。假如他在第一百個房間轉向錯誤，那就迷路了，可能無法恢復自由，跟在第一個房間，或者在第一千個房間轉錯方向的機會一模一樣。同樣地，沒有理由宣稱，只有我的誕生服從於機律，而我父母的誕生就不服從，還有他們的父母、祖父母、曾祖父母等等呢，依此類推到地球生命的誕生。說任何具體個人的生存是極低機率的現象，是毫無意義的。極低，相對於什麼呢？計算從何做起呢？零點不確定，即沒有計算尺度的起始點，度量——從而機率估計——便是空話了。

　　從我的推理，並不導出我的出世在地球成形前就是明確或者注定的；相反地，倒可以導出我根本不可能存在，甚至沒有人會去留意的。統計學關於個體誕生預言的一切說法均為垃圾。可以說，不管「本人」多麼不可能存在，每個人仍然有可能成為某種機率的實現；與此同時，我已經證明，無論你面對什麼個人，比如麵包師傅穆切克，都可以說以下的觀點：有可能選定過去的一個時刻，他誕生前的時刻，以便使當時對於麵包師傅出生的預測，擁有**盡量接近於零**的機率。當我的父母親睡在他們的婚床上時，我出世的機會比方說達到十萬分之一（主要考慮到嬰兒死亡率，戰時頗高）。在普熱梅希爾要塞遭圍困時，我出生的機會僅僅等於十億分之一，在一九〇〇年，變成萬億分之一，在一八〇〇年，是千萬億（10^{15}）分之一，依此類推。假設有觀察者在古代的間冰期、於布拉格小城區中，在桉樹底下計算我誕生的機會，時間在猛瑪象邊徙來拉肚子之後，會把我面世的機會設定在10^{303}分之一。預計參照點提前十億年時，就出現『十億』數量級，提前三十億年時，就出現「垓」（萬

170

億）數量級了。還可以再這麼推下去，不一而足。

換言之，總可以在時間軸上找到一點，在此估計任何人的出生機會，可以產生盡可能大的不可能機率，也就是不可能性，因為接近零的機率與接近無窮大的不能機率是一碼事。我們這樣說，並不暗示我們或者任何別人不存在於世上。相反，我們對於自己的存在或者他人的存在，絲毫不抱懷疑。剛才這樣說，我們只是在重複物理學的聲言，因為世上沒有一個人存在或者生存過，這可是物理學的觀點，而不是常識問題。證明如下：物理學認為，10^{303} 分之一的機會是不可能，因為 10^{303} 分之一的機會，哪怕假定有關事件屬於每秒鐘都發生的事件集合，也是不能指望在宇宙中發生的。

今天到宇宙終結之間所要度過的秒鐘數，就不到 10^{303}。恆星燒光全部能量的時間會早得多。因此，目前形式的宇宙持續期，肯定短於等待 10^{303} 秒才能發生一次的事情所需的時間。從物理學觀點看，等待機率如此小的事件，相當於等待絕對不會發生的事件。物理學稱這種現象為「熱力學奇蹟」。這種情況比如有：水壺架在火上，而壺水結冰；打破玻璃杯，碎片拔地而起，重新組合成杯子等等。但計算結果表明，這種「奇蹟」卻比 10^{303} 分之一的機會機率更大。我們現在應該加一句，我們的估計至今只考慮了事情的一半，即宏觀資料。除此之外，特定個體的誕生卻視微觀情況而定，比如，某對夫妻哪枚精子和哪顆卵子結合的問題。要是我母親在另一天、另一時刻懷上我，那麼我生出來就不是我，而是別人了，這一點可以從我母親確實在另一天、另一時刻受孕過看出來，即在我出生前一年半懷過孕，隨後分娩了一個小姑娘，我姐姐；至於她，我想不需要證明了，她不是我。估計我出來的機會時，也得考慮這一

微觀統計學，計算中包括它時，便把不可能機率從10^{303}分之一提高到10^{10000}分之一了。

　　所以，從熱力學物理的觀點看，任何人的存在是宇宙不可能性的現象，因為不可能機率太大，以致無法預測。把某些人的存在假定為已知，物理學就能夠預測，這些人會生出其他人，至於具體的哪個人會出生，物理學必須要嘛保持沉默，要嘛陷入徹底的荒唐。因此，物理學宣稱其機率論的普遍效力時，要嘛它錯了，要嘛人並不存在，狼狗、鯊魚、苔蘚、地衣、縧蟲、蝙蝠、地錢也一樣，因為所說的內容適合所有的生物。"Ex physicali positione vita impossibilis est, quod erat demonstrandum."（拉丁語：「生命是不可能的，需要證明。」）

　　作品《不可能的生命》就以這句話結束，它實際上是在為第二卷的題材作大肆鋪路。作者在第二卷中宣佈，建立在機率論上面的未來預測是徒勞的。他打算證明，歷史所容納的事實，無一不是機率論上極不可能發生的。庫斯卡教授假想了一位未來學家，定位於二十世紀的門檻上，並且賦予他當時的一切現有知識，以便向這位人物提出一系列的問題。例如：「不久會發現一種銀色金屬，與鉛相似，要是它組成的兩個半球雙手簡單動一下就可放在一起，使它們變成大橙子模樣，那樣就能夠毀滅全球的生命，你認為這事可能嗎？有輛舊馬車，卡爾·賓士先生在上面裝了嚓嚓作響的一匹半馬力發動機，會很快大量複製，以致它放出令人窒息的濃煙和燃燒尾氣，搞得大城市裡暗無天日，駕駛結束時，停放這輛車的問題，會在不可一世的都市釀成大禍害，你認為這可能嗎？由於焰

火裝置和反作用力原理，人們很快會在月球上散步，而他們的每一步將同時讓地球上億萬人在家中看到，你認為這可能嗎？我們不久就能夠製造人造天體，上面裝了儀器，使人得以從宇宙空間追蹤任何人在田野裡、街道上的移動，你認為這可能嗎？還有人類將製造一種機器，下棋比你還強，還能作曲、翻譯語言，在幾分鐘內完成的計算，讓世界上所有的會計、審計師、簿記員加起來一輩子都完不成，你認為這可能嗎？而世界很快會在歐洲的中心建立巨大的工廠，用爐子焚燒活人，而這種倒楣蛋人數以**百萬**計，你認為這可能嗎？」

很顯然，庫斯卡教授說，一九○○年時，連瘋子都不會相信這些個事件的。可是，它們都發生了。假如唯有不大可能的東西才會發生，那麼究竟為什麼這種模式要突然發生劇變，從今往後只有我們認為可信、可能、有希望的東西才能實現呢？他對未來學家們說，先生們，不管怎麼樣預測未來都是可以的，只要不把預言建立在計算最大機會上即可……。

庫斯卡教授的大作無疑值得賞識。不過，這位學者在使勁認知的時刻，犯了一個錯誤，他遭到貝德里奇・弗里奇卡教授的聲討，該長篇檄文發表於《農業報》。弗奇里卡教授認為，庫斯卡教授的整個反機率論推理路線，基於一個秘而不宣的錯誤假定。庫斯卡論據門面的背後，隱藏著「對於存在的玄學式驚奇」，它可以用這種方式來詮釋：「在整個歷史上，我怎麼偏偏生存在現在？眾多身體，怎麼獨獨投胎於此身？以這種形式，而不是其他形式？為什麼我不是屬於以前存在的千百萬人，也不會成為尚未出生的千百萬人之一？」弗奇里卡教授說，即使假定這種問題有意義，那也跟物理

不可能的生命&不可能的未來　De Impossibilitate Vitae & De Impossibilitate Prognoscendi

學也毫不搭界。但表面上似乎是搭界的，它可以重新表述為：「生存過的每個人，即活到現在的人，都是特定基因模式的肉體實現，是遺傳的積木。我們原則上可以複製到目前為止實現過的所有模式，然後發現自己面對著一個巨大的表格，填滿了一排排的基因型分子式，分別確切對應於一個人，由此通過胚胎生長而成長。於是就有一個問題躍到嘴邊：表格中一個遺傳模式對應於我，對應於我的身體，它究竟是如何區別於所有其他的模式，結果使我成為那個模式的活的物化？也就是，我應該考慮到什麼**物質**條件，什麼**物理**情況，以便理解這一區別，理解我為什麼能夠談論表格裡的所有分子式，『這些代表其他人，』而只有一個分子式：『這個代表我』就是我呢？」

弗奇里卡教授解釋道，認定物理學在今天、百年後、千年後就能夠回答這樣構造的問題，未免荒唐。該問題在物理學上毫無意義，因為物理學本身不是人；因此，物理學從事任何事物的探究時，不管是天體還是人體，都不區分你和我，不區分此物和彼物；我稱呼自己為「我」，稱呼別人為「他」，這個事實物理學以本身的方法加以解釋，依靠邏輯的一般理論，自組織系統論等等而出，但它實際上根本感覺不到「我」和「他」之間存在差異。確實，物理學並不揭示個人的**獨特性**，因為每個人（孿生子除外！）都是不同遺傳分子式的肉身化。

而庫斯卡教授對於我們每個人的少許差別的構建、人人都有物質和心理個性這件事根本不感興趣。哪怕所有人都是同一個遺傳分子式的肉身化，哪怕全人類統統由同卵孿生子組成，庫斯卡的推理路線所固有的玄學式驚奇，一點也不會減少。那時仍然可以問問，

174

是什麼造成了「我」非「別人」，而我不是生於法老當政時期，不是生於北極，而是此時此地，卻仍然不可能從物理學得到這種問題的解答。我與他人之間出現的分歧（差別）由此開始了，我是我自己，我不能脫出我自己，不能與任何人交換存在；我注意到我的外表、本性與所有其他在世者（以及去世者）不同，僅僅是事後的，次要的。這一最最重要的差別，主要是對於我的，對於物理學卻乾脆不存在，而且該主題再沒有剩下什麼要說的。為此，令物理學、物理學家對於這一問題視而不見的，並非機率論。

　　庫斯卡教授透過估計自己出世機會的問題，就把自己和讀者引入了歧途。庫斯卡教授認為，物理學對於「我庫斯卡為了出生，要滿足什麼條件？」的問題，將以這句話回答：「要滿足我出生的條件，從物理學看是極其不可能的！」咳，情況不是這樣的。問題實際上是這樣的：「我看到自己是在世的人，千百萬人之一。我想了解我以何種方式在**物理學**上不同於所有其他人，那些生存過，生存著，將生存的人，而我過去不是，或者現在不是他們，而僅僅代表自己，稱呼自己為『我』。」物理學並不訴諸或然論來回答這個問題；它只宣佈，在它看來，在提問者和所有其他人之間，沒有**物理學**上的差別。於是，庫斯卡的證明既不攻擊，也不顛覆機率論，因為它與其毫無關係可言！

　　筆者捧讀了兩位如此著名的思想家的觀點，竟如此的針鋒相對，感到大惑不解；我無法解決這一兩難問題啊。讀了庫斯卡教授的大作，得到唯一確定的東西，就是徹底了解了大量事件；這兩部書也代表了家族史研究中有個這麼有趣的學者出現了。至於爭議的焦點，還是交給有資格的專家去研究吧。

14 | 人造人？
《無濟於事》書介

無濟於事
Non Serviam

　　多布教授的書關注「造人學」，也是芬蘭哲學家埃諾·凱吉稱之為「人類所創最最殘酷的科學」。多布是當今頂尖的造人學家之一，他也持這一觀點。他說，無可避免的一個結論是：造人學的應用是不道德的，不過，我們涉及的學問儘管與倫理學原則唱反調，對我們還是有實際的必要性的。研究中，無法規避它的特殊兇殘性，無法避免損害人們的天然本能，唯有這裡，科學家尋求事實、完全無害的神話打破了。畢竟，我們所談論的學科已經稱為「實驗神譜學」，這其中只有稍許的誇大強調。即使如此，本評論者深有感觸的是，九年前新聞界炒作造人學秘聞時，輿論曾經為之譁然。人們還以為，如今這個時代，沒有什麼可以令人吃驚的了。幾百年間曾經迴盪著哥倫布發現新大陸壯舉的回聲，而一周間征服月球被集體意識接受為近乎平凡無奇的事情。不過，造人學的誕生卻證明為石破天驚。

　　「造人學」（personetics）一語來自拉丁語和希臘語詞素的結

合，「人」（persona）加上「創世」（genetic）——「創世」的意思是形成或者創造。該領域是八〇年代控制論和心靈學新近的分支，是與應用智慧電子學雜交的產物。現在人人知曉造人學了，隨便拉一個人問問，就會告訴你，這是人工製造智慧存在；當然這個答案沒有錯，但它沒有觸及事物的實質。到目前為止，已經有將近一百個造人學專案了。九年前開發了身分圖式——「線性」型的原始核心，不過哪怕那一代的電腦，到如今也只有歷史價值了，尚不能提供真正創造類人類的場域。

創造意識的理論可能性早先就有預測，有諾伯特・維納（Norbert Wiener）[1]的近作《上帝和機器人》（*God and Golem*）的某些段落為證。當然，他是以特有的半開玩笑提出的，而玩笑的背後是頗為嚴峻的警告。不過，維納無法預見二十年後事態的變化。按照唐納德・埃克爵士（Sir Donald Acker）的說法，當麻省理工學院「輸入與輸出短路」時，最最糟糕的禍事發生了。

目前，類人類的「居民世界」可以在數小時內準備好。這是把一個成熟程式（比如巴爾〔BALL〕[2]66、克琳四代、耶和華09）餵入機器所需的時間。多布簡略地描述了造人學的起源，讓讀者參考歷史資料；他本人就是一個實證經驗論者，因此凡事從他自身的工作談起，比較容易上手，因為在多布代表的英國學派和麻省理工學院的美國小組之間分歧頗大，在方法論領域和實驗目標方面都是如此。多布描述「將六天縮至一百二十分鐘」的過程如下。首先，給機器的記憶體提供一個最小已知數集合；用門外漢能理解的語言說，也就是，給它的記憶體載入「數學的」物質。此物質就是類人類要「居住」的宇宙的原生質。我們現在能夠給即將入住這一機械

178

數位世界——但僅限於在其中維持生存——的人，提供具有其「無外」性質的環境。因此，這些人無法感到物質上被囚禁，因為在他們看來，環境並沒有邊界。此媒介只有一個維度類似於我們也有的——即時間的流逝（持續）。不過，他們的時間並不直接類比我們的時間，因為其流速受到實驗師的隨意控制。一般來說，初期（所謂的「創世熱身」階段）的流速最大，我們的分鐘相當於電腦的整個時代，期間發生（人造宇宙的）一系列的連續重組和結晶。這個宇宙完全沒有空間，但擁有多個維度，而這些維度的性質純屬數學範圍，故可稱為「想像維度」。它們是程式設計師某些定理決策產生的結果，維度數目取決於他。比如，假如他選擇了十維，則所創造的世界結構，其後果勢必與只確立六維的情況有天壤之別。在此應該強調，這些維度與物質空間毫無關係，只是與系統創造中所使用的抽象而邏輯上成立的架構相關。

這一點對於非數學家幾乎是格格不入的，而多布試圖通過引證簡單事實，用一般學校裡教的那種東西加以解釋。我們知道，如果構築一個等稜長的幾何三維立體——比如正方體，這就好像現實世界裡的骰子；同樣我們也可能創造四、五、n維的幾何體（四維體是個超正方體）。但這些就沒有現實對應物品了，顯而易見，沒有任何第四物質維度，就無法形成真正的四維骰子。而對於類人類，物質上可構成和數學上才可能這一區別是不存在的，因為它們的世界是純粹數學上的統一體，由數學構成，儘管該數學的搭建積木是普通的物體（繼電器、電晶體、邏輯電路——總而言之，數位機器的整個龐大網路）。

從現代物理學可知，空間並不獨立於位於其間的物體和質量。

空間的存在取決於這些物體；沒有物體的地方，物體意義上一無所有的地方，空間也就停止了，塌縮為零。而施加「影響」、從而「創造」空間物體的角色，在類人類世界是由專門創制的數學系統來充當的。確定特定實驗之後，程式師在通常可能創制的所有「數學」（例如公理式數學）之中選擇一個群，充當所創宇宙的支撐及「存在實體」、「本體論基礎」。多布認為，這裡面與人類世界有著驚人的相似。畢竟我們這個世界已經「確定」了最適合的某些形式和某種幾何——最簡單就是最合適的（三維性可保留初始擁有的東西）。儘管如此，我們能夠想像具有「其他屬性」的「異世界」——在幾何領域以及其他領域。類人類也是如此：研究者選作「棲息地」的那種數學，對於它們，跟我們生於斯長於斯的「現實世界基地」一模一樣。而且類人類跟我們一樣，還能夠「想像」根本屬性絕然不同的世界。

多布使用連續逼近和重演的方法呈現主題；我們上文概述的東西，大致相當於該書頭兩章，但卻在後面的章節裡被部分撤銷了——透過作者糾葛的手法。作者告訴我們，類人類並不是來到一個現成、固定、凍結的世界裡，而世界呈現不可撤銷的最終形式；世界的具體模樣取決於它們，並且隨著其本身活動的增加而愈演愈烈，其「探索主動性」隨之發展了。若把類人類的宇宙比擬為只有其居民觀察到的現象方才存在的一個世界，所提供的情景也並不準確。這種比較在申特和休斯（Sainter and Hughes）的著作中可以找到，多布認為「唯心主義傾向」——是造人學給予貝克萊主教（Bishop Berkley）[3]教義的禮敬，並讓這派理論奇怪地、突然起死回生了。申特認為，類人類會按照貝克萊式觀點認識其世界，而無緣分

180

辨「esse」（存在）和「percipi」（感知物）——也就是永遠無從發現被感知物與相對於感知者而言，各個感知的東西之間有何客觀獨立的差別。多布義憤填膺地聲討對事物的這種解釋。他指出，**我們**——作為它們世界的創造者，清清楚楚地知道，它們所感知的東西確實存在；是存在於電腦之中，獨立於它們——當然，其存在方式僅僅是數學物體。

多布還進一步澄清，類人類通過程式而發端，以實驗者規定的速度增加，僅僅為最新資訊處理技術以接近光速運行時所允許的速度。規定充當類人類「存在居所」的數學，並沒有充分準備好迎接它們，而仍然處於「封存」之中——這種數學未作系統闡述，懸而未決，是潛在的，因為它只代表一個可能的機會集合，容納於恰當編程的機器次單元之內的某些路徑。這些次單元，或曰「創造器」，本身並不產出什麼；而由某種類人類活動充當觸發機制，啟動一個生產過程，逐步地擴大自己，定義自己；換言之，圍繞這些人的世界僅僅根據它們自己的行為，才得以擺脫模糊性。多布試圖採用下列比擬來描述此項概念：人解釋現實世界有多種方式；可以特別注意（密集的科學調查）該世界的某些方面，再運用所得知識，**觸類旁通**，啟發世界上其餘部分的知識，認識在他原本避輕就重的研究中所沒有考慮的東西。假如他先勤奮學習**力學**，就會為自己建立世界的**力學模型**，把宇宙看作碩大無朋、無懈可擊的擺鐘，它以不可逆轉的動作，從過去走向精確確定的未來。這個模型並不是現實的準確表象，但人們可以在很長的歷史時期內利用它，甚至能夠用它取得許多實用功，可以拿來造機器、做工具等等。同樣地，要是類人類通過選擇，憑意志「偏愛」自己跟宇宙的某類關

係，優先考慮該類關係——假如它們發現宇宙的「本質」在於此，而且僅限於此——它們就會進入一條確定的用功和發現之路，而此路既非錯覺，也非徒勞。它們的偏愛從環境中「抽出」最最對應於此路的東西。而它們最初感知的東西，就能最早掌握。而圍繞它們的世界，僅僅有部分確定，僅僅部分地由研究創造者事先確立。其間，類人類保留一定的、絕非微不足道的行動自由度，既有「心理」行動（在它們自己的世界觀領域，它們如何理解世界），也有「現實」行動（它們的「業績」範圍，當然不是我們所理解的真實現實，但也不僅是想像的）。實際上，這是其陳述中最困難的部分，可以說，多布解釋類人類存在的那些特有品質並沒有大獲全勝，只有通過程式和創造干預的數學語言才能表達清楚的品質啊。所以我們必須姑且相信，類人類的活動既非全然自由——正如我們的行動空間並非全然自由，受到物質自然定律的限制，也非全部確定——正如我們並非停放在嚴格固定的鐵軌上的車廂。類人類這方面也跟人類相似，人類的「次級品質」——色彩、樂音、物體美，僅僅在有耳可聽、有眼可視時才能顯現，不過，成全聽覺、視覺的東西先前就有了。類人類感知環境，從自己身上給予它經驗品質，那些品質——對應於我們的可視風光魅力，當然給它們提供的純數學風景除外。至於「它們如何看到」，就無法發表看法，因為要了解「感覺的主觀品質」，唯一的途徑是剝下人皮變成類人類。有一點必須記住，類人類沒有眼睛，沒有耳朵，從而無緣視聽，這我們了解；它們的宇宙中沒有光明，沒有黑暗，沒有空間逼近，沒有距離，沒有上下；那裡有緯度，不為我們察覺，但對於它們是首要的，本質性的。比如，它們感知電位的某些變化，是人類感覺器官

的對應物。但電位的變化對於它們，就不是我們所謂電壓性狀的東西，而是人類最基本現象一樣的東西，就像視啊，聽啊——看見紅斑，聽見聲音，摸到軟硬物體。多布強調，從此以後，類人類只能用比擬說話了，以符咒式的途徑。

只因為它們看不見，聽不見，就宣佈類人類相對於我們有「殘障」，這是荒謬絕倫的，因為人們可以同樣合理地宣稱，是我們相對於它們有欠缺——無法直接感受到數學的現象論，畢竟，我們只是靠動腦筋推論才了解數學的。我們接觸數學，僅僅是通過推理罷了，我們「體驗」數學，僅僅通過抽象思維而已。而類人類生於斯長於斯；數學是它們的空氣，它們的大地，雲彩、水，乃至麵包——對，乃至食物，因為在某種意義上說，它們從數學汲取營養。由此，僅僅從我們的觀點看，它們才被「囚禁」、密封鎖在機器內；正如它們無法靠近我們，來到人類世界，反過來，人也同樣無法進入它們的世界內部，以便在裡面生存，直接體會它。於是，數學在其某種化身上成了智慧生命的生活空間，該生命完全精神化了，沒有肉體，數學是它存在的神龕和搖籃，是它的生活要素。

類人類在許多方面類似於人類。它們能夠想像出一對矛盾（甲存在，非甲也存在），但無法使其實現，而我們也不能。我們世界的物理學，它們世界的邏輯學，都不允許它實現。邏輯學對於類人類的宇宙，就是人類世界裡物理學一樣的限制行動的參照系統。多布強調，不管怎麼樣，我們無論如何也不可能充分地、內省地掌握類人類在其大無外的宇宙中完成密集任務時「感覺」、「體驗」的東西。它漫無空間，這不是囚籠——那是記者們硬扯上去的謊言。相反地，這是它們自由的保證，因為數學由電腦創作者編寫，「受

183

激」而活動，正是類人類的活動所激發的。彷彿這種數學是可以選擇行動、勞動自我實現的無窮場域，類人類可以在此探索，從事英勇的對外遠足、大膽的對內深入，乃至猜測。一句話：我們讓類人類恰恰擁有這個宇宙，並沒有虧待它們。發現造人學的殘酷、不道德之處，並不在這裡。

多布在《無濟於事》第七章給讀者介紹了數碼宇宙的居民。類人類可以隨心所欲地使用流利的語言，順暢的思維，也有感情。每個人都是個體，它們的區分並非單單是創作者程式師決策的產物，而是源自他們極其錯綜複雜的內部結構。它們相互間可以十分相像，但永遠不會同樣。它們來到世上，各自賦予了一個「內核」，一個「個人核心」，已經擁有語言和思維的官能，哪怕是痕跡狀態的。它們擁有辭彙，但比較匱乏，它們能夠根據給定的句法規則遣詞造句。將來，我們似乎有可能罷手，連這些決定因素也不用給定了，而是坐在一邊等待。它們會像人類初民群體參與社交活動一樣，發育自己的語言。但造人學的這個方向遭遇了兩大障礙。第一，等待語言創生的時間勢必很長。目前要十二年，哪怕電腦內部轉換採取最快速度，用大致的比喻說法，是機器一秒鐘相當於人生一年。第二，問題更大，「類人類群體進化」中自發產生的語言我們無法理解，破解它肯定像破譯密電碼一樣艱苦卓絕。而且，由於這個密電碼並不是人們之間在解碼人共有的世界中創造的，就難上加難了。類人類的世界在品質上與人類世界大相徑庭，因此適合它的語言勢必與任何民族語言相去甚遠。所以從無到有的語言進化暫時僅僅留在造人學家的夢想之中。

類人類「在發育上紮根」之後，便遭遇到一個根本性的謎，

184

這對它們來說是頭等大事——它們本源的謎。它們問自己問題——這是人類有史以來就有的問題，宗教史上就有，是哲學研究、神話創造中的問題：我們從哪來？我們為什麼被創造成這樣，而不是那樣？為什麼我們感知的世界擁有這些屬性，而不是其他全然不同的屬性？我們對於世界有什麼意義？它對於我們有什麼意義？一連串的這種思辨，最終不可避免地把它們引向本體論的根本問題，引向存在是「本身自行」出現，還是某個創世行為的產物的問題——也就是，是否有全盤操控的造物主隱藏其後，他擁有意志和意識，做出了有目的的行為。正是在此，造人學的全部殘酷、不道德性顯示出來了。

在下半冊中，多布描述了這些智力追求的過程，備受這種問題折磨的心智的種種掙扎；在此之前，他在接下來的多個章節中描述了「典型的類人類」，以及他們的「解剖、生理、心理」分析。

有一名孤獨的類人類無法超出初等思維階段，他因為單槍匹馬不能發揮語言的作用，而沒有語言就不能發展思想論述。成百上千的實驗證明，為數四至七名的類人類群體最佳，至少對於語言發育和典型探索活動有利，對於「文明化」也有利。相反地，對應於大規模社會過程的現象，則要求有更大的群體。目前，相當容量的電腦宇宙內，大致能「容納」的類人類達到一千名；不過，這種研究屬於一個獨立的學科——社會動力學，不在多布重點關注的範圍內，所以書中僅僅點到為止。前面提到，類人類沒有軀體，卻有「靈魂」。這個靈魂，對於能看到機器世界（使用特種裝置，建於電腦內部的探頭附加模組）的外界觀察者來說，就像「連貫的過程雲彩」，擁有某種「中心」的功能聚集體，可以比較精確地隔離，

185

即在機器網路中劃定界限。（注意：這樣並不容易，活像神經生理學家在人腦裡搜索許多功能的集結中心。）《無濟於事》第十一章是了解造人因素的關鍵，它簡明扼要地解釋了意識理論的基本原理。意識（所有意識，不僅僅是類人類），在物質方面是一個「資訊駐波」，不停轉換之流中的某個動態不變數；其獨特之處在於它代表一個「妥協物」，同時是一個「結果式」，據我們所知，它絕非是自然進化所規劃出來的。恰恰相反，從一開始，進化對於協調一定規模以上，即一定複雜程度以上的頭腦作品就設置了巨大的障礙——而它闖入這些兩難問題的領地，顯然不是故意為之，因為進化並非深思熟慮的工匠。很簡單，某些解決控制和規範問題的古老進化辦法，為神經系統所共有的，偏巧得到了「沿襲」，達到了人類起源啟動的水平而已。從純粹理性、效率工程的立場出發，這些解決辦法早該取消或者放棄，從而設計出全新的東西，也就是智慧生命的腦子。但進化顯然不能這樣進行，因為擺脫古老解決方法（往往是延續億年的方法）的遺產，並不在它的權力範圍之內。由於進化總是以細微的增量來適應環境，由於它「爬行」，不能「躍進」，便成了一種拖網，「後面拖著無計其數的習俗古風，各種各樣的垃圾」（語出兩位模仿人類心靈的創制者塔默和博文〔Tammer and Bovine〕，他們講話很直。這兩人用電腦為模仿造人學的誕生打下了基礎。）。人類的意識是一種特別妥協的產物；是一種「大雜燴」，正如格布哈特（Gebhardt）等人說的，是德國諺語「化腐朽為神奇」的完美例證。數位機器本身不可能獲得意識，理由很簡單，其中不會發生層級性操作衝突，否則機器會陷入某種「邏輯癱瘓」、「邏輯昏迷」。人腦的矛盾層出不窮，不過在千年萬年之

後，矛盾逐漸受制於仲裁程式。出現了高高低低的層次，不自主反射和被反射物層次，衝動和控制，用動物手段效仿要素環境，用語言手段效仿概念環境。所有這些層次不能、也並不「想要」完全吻合或者合而為一。

那麼，什麼是意識呢？是權宜之計，遁詞，擺脫圈套的辦法，假裝的最後一著，聲稱要（聲稱罷了！）最高上訴法院。用物理學和資訊理論的語言說，它是一旦開啟不允許關閉，即不允許定局結案的一種功能。於是，它只不過是這種關閉的一個計劃，要全面「緩和」腦子的頑固矛盾。可以說，它是一面鏡子，任務是照出其他鏡子，鏡子再照別的鏡子，直至無窮。這在物理學上簡直不可能，所以regressus ad infinitum（後退無止境）代表一種地坑，裡面卻展翅翱翔著人類意識現象。「意識之下」發生著爭取全面代表的持續戰鬥，要讓意識裡面代表不能全面抵達意識的東西，僅僅因為缺乏空間而無法抵達的呀；為了給予在意識諸中心門外鼓噪要求注意的所有那些傾向以充分而平等的權利，必須做到無窮的容量容積。於是，圍繞著意識出現了永無休止的擁擠，推推拉拉，而意識並非全部智力現象至尊無上的舵手，它更像是在洶湧波濤上面弄潮的軟木塞，身居高位並不意味著掌控著那些波浪。……這樣充滿訊息和動力地解釋現代意識理論，可惜的是不能簡單明瞭地闡述出來，而讓我們不斷地（至少在本書中，這裡對該主題的描述比較直觀）回顧一系列視覺模型和比喻。反正我們知道，意識是某種遁詞，是進化所採納的轉移，這樣做是為了保持它特有、不可或缺的操作慣性──機會主義，即人陷入絕境時快速即興脫離。假如真的要製造一名智慧人，根據完全理性的工程學和邏輯學準則行事，應用技術效

率的標準，一般來說，這種人就無法獲得意識的天賦。它的行為舉止會絕對符合邏輯，始終連貫有序，明白易懂，井井有條，對於人類觀察者來說，甚至像創造行動和決策方面的天才。但它無緣成為人類，因為它被剝奪了神秘的深度，內部的複雜度，迷宮般的本性……。

　　此處不再進一步探討現代意識心靈理論，因為多布教授沒有談。但這裡有幾句話是恰到好處的，是對類人類結構的必要介紹。造人終於實現了最古老的神話之一——雛型人（homunculus）神話。為了形成人類的相貌，人類的心靈，必須把具體的矛盾故意引進資訊實體；必須授予它非對稱、非中心的傾向；總而言之，必須既**統一又製造不和諧**。這樣做理性嗎？是的，我們若不僅僅要構造某種人工智慧，而且要模仿人類的思想，隨之模仿人類的個性，這近乎是不可避免的。

　　因此，類人類的感情必須或多或少地與理智衝突，至少在一定程度上必須具備自毀的傾向；必須感受得到內部張力——即我們感到的所有離心性，時而是宏偉浩瀚的精神狀態，時而就像脫臼疼痛難忍的精神狀態。同時，此事的創造指令，並非不可救藥地複雜，只是外表如此而已。很簡單，創造物（類人類）的**邏輯思維**必須打亂，必須包含某些悖反。學人希爾布蘭特說，意識不但是擺脫進化僵局的出路，而且是逃避哥德爾[4]化陷阱的太平門；此解決方法借用謬論性矛盾，就繞過了邏輯上完美無缺的每個系統都存在的矛盾。於是，類人類的宇宙是完全理性的，但類人類卻不是完全理性的居民。我們就此打住——多布教授本人並沒有深談這一難度極大的題目。我們知道，類人類有魂無體，因此無法感覺自己的肉體存在。

188

「難以想像」，有人這樣形容處於特殊心態、一團漆黑、盡量減少外來刺激流入時的體驗，但多布認為，這是誤導的想法。一旦剝奪了感覺，人腦的機能很快便開始瓦解了，沒有了外部世界的刺激之流，心靈便顯現溶解傾向。但類人類沒有感官，就不會瓦解，因為給予它們內聚力的是數學環境，它們可以體驗到它的。如何體驗呢？這樣說吧，它們體驗的是由「外部」宇宙引起並強加給它們的本身狀態的變化。它們能夠分辨從外部本身發出的變化和從它們心靈深處冒頭的變化。它們如何分辨呢？這個問題，只有類人類的物力動態結構理論才能提供直接的答案。

可是類人類還是跟我們很像，儘管存在那些可怕的差別。我們知道，數碼機器永遠不能激發意識；不管我們利用它完成的任務、在它身上模仿的物質過程，它始終會保持非心靈性。由於模仿人類必須複製某些根本矛盾，只有一個相互吸引的對抗力系統套用在類人類上，才會像「受重力收縮同時受輻射壓力膨脹的星星」，多布說。系統的重心就是第一人稱「我」，但它並不構成邏輯上或者物質上的有機整體。那僅僅是我們的主觀錯覺！闡述到這個階段，我們遭遇了大批令人瞠目結舌的東西。當然，數碼機器可以編程，以便與它對話，就像與智慧夥伴對話。機器會根據需要使用代詞「我」及相應語法形式。不過，這是一個騙局！機器仍接近於十億頭學舌鸚鵡，無論鸚鵡多麼訓練有素，但根本比不上最最簡單、愚不可及的人。它模仿人類行為，純粹在語言平面，更無它哉。沒有什麼能逗這種機器笑，使它吃驚，使它迷惑，使它警覺，使它痛苦，因為它在心理上、個體上不是人。它是說事的嗓音，有問必答；它是能夠擊敗最佳棋手的一個邏輯；它是，不，它可以成為萬

物的高超模仿者，如你所願成為登峰造極的演員，扮演任何編程的角色——而演員也好，模仿者也好，但其內部仍是空空如也。不能指望它具有同情心，愛憎分明。它沒有自定目標，以任何人永遠不可思議的程度「不在乎」當一個人，它根本就不存在。⋯⋯它是神奇高效的組合機制，別無它哉。咳，我們面對的是一個非同凡響的現象。空空如也的原材料，毫無人性的機器，居然可能通過注入特殊的程式（造人程式），創造真正的知覺人，甚至是一次一大批，這真是令人驚詫的念頭！在最新的IBM型號電腦裡，最大容量是一千類人類。（數位極其精確，用來承載一個類人類的要素和耦合可以由釐米／克／秒單位表達。）

在機器內部，類人類相互之間是分開的。它們一般並不「重疊」，但也可能發生重疊。但類人類們相互接觸時，就出現相當於排斥的事情，阻止相互「滲透」（osmosis）。不過，它們如果把滲透作為目標，就能夠相互穿透。此時，構成其頭腦實質的過程，便開始相互附加，產生「噪音」和干擾。透過較稀薄的腦區域時，一定量的資訊成為了兩個部分重合的類人類的共同財產，這種現象對於它們是奇特的，就像人類在自己腦袋裡聽到「陌生的聲音」和「外來的思想」（當然某些精神病例或者吃了迷幻藥就會發生）一樣奇特，乃至令人驚異。彷彿兩個人不僅僅擁有同樣的記憶，而且**絕無二致**；彷彿發生的事情超過了思想傳心術——即「自我（ego）的週邊合併」。但此現象的後果不吉利，應該予以避免。而打算「進擊」的類人類在表面滲透的過渡狀態之後，可以毀滅對方，吃掉它。那樣，後者就會經歷吸收、湮滅——而停止存在（這已經被稱為謀殺）。湮滅的類人類成為「入侵者」同化了的不可

190

分辨部分。多布說,我們成功地類比了精神生活,而且類比了它的危難和毀滅。於是我們也成功地類比了死亡。不過,在正常實驗條件下,類人類迴避這種入侵行為。類人類間的「心靈吞噬」很少發生。它們感到滲透將至,可能是偶然接近和波動所致,感到這種威脅的方式當然是非物質的,而活像某人感覺別人的存在,乃至在心中聽到「陌生的噪音」——一感覺到有跡象,就執行積極的避開動作,彼此退縮並分道揚鑣了。正是由於這一現象,它們漸漸懂得了「善」、「惡」的意義。它們顯然認為,「惡」在於毀滅別人,「善」在於解救別人。同時,一個人的「惡」可以是另一個的「善」(即獲益,現在去掉了倫理意義),後者成為了「噬心者」。這種擴張——侵佔別人的「智力領地」,增加了它的初始分配的心理「田畝」。這有幾分像我們的做法,身為食肉動物,我們殺死並且吃掉犧牲者。不過,類人類並非不得不這樣做,只是有此能力罷了。它們不知饑渴,因為能量源源不斷地支撐著它們,而且不必顧慮能量的來源,就像我們不必費事讓太陽照耀頭頂。類人類世界在應用唯能論時,不會出現熱力學的條件和原則,因為該世界服從於數學定律,而不是熱力學定律。

很快地,實驗者得出結論,類人類和人類通過電腦輸入輸出的接觸,少有科學價值,而且產生了道德困境,導致把造人學被標記為最殘忍的科學。似乎不值得告訴類人類,我們在僅僅是**類比無窮大**的圍欄裡創造了它們,而它們是微觀的「心理包囊」,是我們世界上的膠囊。當然,它們有自己世界裡的「無窮大」,因此沙克和其他造人心理學家(福克、維格蘭)宣稱,情況是完全對稱的:類人類不需要我們的世界,我們的「生活空間」,而我們用不著它們

的「數學地球」。多布認為這段推理是詭辯術，因為這已涉及誰創造誰，誰在存在上限制誰，不可能有爭論。多布本人所屬的小組，鼓吹絕對不干涉原則──與類人類「不接觸」。他們是造人學的行為主義派。他們的願望是，要觀察人工智慧人，傾聽它們的語言和思想，記錄它們的行動和追求，但不加干預。此法已經發展完備，自成一套技術工具，只是在幾年前，要採購到它們還是難上加難。發展這些工具的目的簡言之是想成為常年偷聽的目擊者，同時防止「監視」時以任何方式打擾類人類的世界。MIT的計劃階段，有程式（催欲素II和情欲）使類人類（目前不分性別）能夠有「情欲接觸」，促成對應於受精的東西，給它們「有性」繁殖的機會。多布澄清，他對於這些美國專案並不熱衷。根據《無濟於事》的描述，他的工作針對截然不同的方向。無怪乎造人學的英國派稱為「哲學多邊形」和「神義論實驗室」。這些稱呼引出了該書也許最意味深長，當然是最有趣的部分──這最後的一部分為本書奇怪的書名正名，並做了解釋。

多布記述了自己做的實驗，至今已經不間斷進行了八年。造人這件事本身，他只是點到為止；那只是平淡無奇地複製程式耶和華六代的常見功能，稍做了修改而已。他總結了「竊聽」這個世界的結果，這也是他親自創造的世界，他並一直在跟蹤其發展。他認為這樣的竊聽不符合倫理，有時甚至是可恥的手段。然而，他樂此不疲，宣稱自己的觀點是為了科學事業不得已**也**做做這種實驗，儘管在道德上實在無法自圓其說，實際上，以任何其他非知識增進型理由說項都站不住腳。他說，形勢已經發展到了科學家老掉牙的推諉理由都已經無濟於事的地步。例如，活體解剖論者編出的藉口──

192

引起類人類痛苦，僅僅是不舒服，不是針對全緯度意識的動物，不是針對自主的存在，使用這種藉口無法祛除良心責備。在類人類實驗中，我們有著雙倍的責任，因為先是創造了人，再在實驗室程式圖式中束縛創造物。不管我們做什麼，不管如何解釋自己的行動，逃避全部責任是再也做不到的了。

多布及其在老港一地的合作者們依託多年的經驗，終於製作成八維宇宙，它成了標有ADAN，ADNA，ANAD，DANA，DAAN，NAAD等名字的類人類的家。第一批類人類發展了植入身體上的語言基礎知識，並通過分裂繁衍「後代」。多布以聖經的口吻寫道，「ADAN生了ADNA，ADNA又生了DAAN，DAAN生EDAN，EDAN生EDNA。……」如此接下去，直到後輩代數達到三百；電腦只擁有一百個類人類實體的容量，所以會定期消滅「剩餘人口」。在第三百代中，名叫ADAN，ADNA，ANAD，DANA，DAAN，NAAD的類人類再次出現，賦予附加數位，標出它們的傳承輩分（覆述時為簡便起見省略數位）。多布告訴我們，電腦宇宙內部過去的時間達到（折合我們的計量單位）兩千至兩千五百年。期間類人類人口中產生了針對自己命運的一系列各異的解釋，它們還為「所有存在物」張羅了不同的、各持己見的、相互排斥的模型。也就是，不同的哲學（本體論和認識論）紛紛興起，還有完全屬於它們自己的一類「形上學實驗」。我們不知道，這是由於類人類「文化」與人類太不相像，還是由於實驗持續時間太短，不過，在研究針對的人口中，並沒有完全教條化形式的信仰得以定型，比如相當於佛教或者基督教的信仰。相反，研究卻發現早在第八代便出現了造物主概念，有了個人化的、單一神論的想像。多布團體的實驗內容還包括

把電腦轉換速度先升到最大,再減速下來,大約一年一次,以確保能直接監視。多布解釋道,電腦宇宙的居民對於變速完全感覺不到,我們對於同類轉換也是沒有感覺的,因為整個存在一舉生變(此處是時間緯度的變化),沉浸其中的人無法感知變化,因為他們沒有固定的點位、參照系來確定其發生嘛。

於是,利用「兩個編年設備」可以得到多布朝思暮想的東西——出現了類人類的歷史,它擁有深厚的傳統和時間景深。我們不可能歸納多布所記錄的全部歷史資料,它往往具有聳人聽聞的性質;我們僅限於和本書書名反映的觀念特別有關的那幾段吧。類人類使用的語言,是標準英語的新近轉換形式,其辭彙和句法編入了它們第一代的程式。多布把它翻譯成了普通英語,但保留了由類人類生造的幾個運算式。其中有「像上帝的」,「不像上帝者」,用來形容上帝信徒和無神論者。

ADAN與DAAN和ADNA(類人類自己不使用這些名字,純屬觀察者的實用發明,方便記錄「對話」之用)說話,類人類討論的問題我們也熟悉——人類歷史上該問題來自巴斯卡(Pascal)[5],但類人類歷史上,這是由某個編號EDAN 197的傢伙發現的。這位思想家跟巴斯卡一模一樣,他說,相信上帝無論如何比不信更有利可圖,因為假如真理在「不像上帝的」一邊,信教者離開世界時除了生命一無所失,如果上帝存在,則他贏得了全部永恒(永續的榮耀)。因此,大家應該相信上帝,這是權衡最佳成功機會的存在戰術了。

另一位ADAN 300對這條規定有如下的看法:EDAN 197循自己的推理思路,假定要求敬畏、愛、篤信的上帝存在著,而不僅僅是相信上帝存在,相信上帝創造世界的事實。但要贏得自己的救贖,

194

光同意上帝創世的假設是不夠的；另外必須感激造物主的創世行為，悟出上帝的意志並身體力行。簡言之，必須侍奉上帝。上帝如果存在，就有力量證明自己的存在，其服人方式至少不亞於可以直接感知的東西證實上帝的存在。當然，我們不能懷疑某些物體的存在，我們的世界由它們組成；最多是存疑罷了：它們存在幹什麼、如何存在等等。但它們存在的事實本身沒有人會否認。上帝可以以相同力度提供自己存在的證據。可是上帝沒有這樣做，於是，我們注定要拐彎抹角地去獲得間接的知識，用各種猜測的形式，猜測有時稱為「啟示」的東西。上帝這樣做，也就把「像上帝的」和「不像上帝的」放在同等地位上，而並沒有強迫其所創造物篤信祂的存在，僅僅提供那個可能性。當然，造物主的動機滿可以瞞著創造物們的。儘管如此，下列命題還是會出現：上帝要嘛存在，要嘛不存在。出現第三種情況的可能性（上帝以前存在，現在不再存在；上帝間歇地存在，搖擺不定；上帝有時「多」存在，有時「少」存在……等等情況）似乎微乎其微。雖然不能將這些特例排除在外，但是神義論裡面引入多價值邏輯，只會把它弄亂。

那麼好，上帝要嘛存在，要嘛不存在。如果上帝自己接手我們的情況，手頭的兩種選擇都有支援的理由，「像上帝的」證明造物主存在，「不像上帝者」證明其不存在，那麼邏輯上就存在一個博弈，對局一邊的搭檔是「像上帝者」和「不像上帝的」全體，另一邊只有上帝。該博弈必然具備一個邏輯特性，上帝不可因為不信神而懲罰任何人。假如一物是否存在確乎不知道，有些人僅僅宣稱它存在，而其他人宣稱它不存在；假如通常可以假設，該物根本不存在，那麼只要是公正的法庭，就不能判決任何人否認該物存在有

罪。所有的諸世界都公認：沒有充分的確定性，就沒有充分的責任心。這個公式單憑純邏輯是無懈可擊的，因為它在博弈論的語境下，建立起了對稱的回報函數；任何面對不確定性而要求充分責任心的人，就破壞了博弈的數學對稱；隨之出現所謂的非零和博弈。

因此，要嘛上帝完全公正，也就不能由於「不像上帝者」（不信上帝）而有權懲罰他們，要嘛還是要懲罰不信者，這就意味著邏輯上上帝不是完全公正的。這是怎麼回事呢？由此可推知，上帝能夠為所欲為，因為在邏輯系統中哪怕允許一個孤零零的矛盾，按「將錯就錯」（ex falso quodlibet）的原則，就可以隨心所欲地從該系統得出任何結論。換言之，公正的上帝不可以碰「不像上帝者」的頭髮，否則就不是神義論斷定的普遍完美公正的存在。

ADNA便因此提問，有鑒於此，我們該如何看待對別人作惡的問題呢？

ADAN 300回答他：這裡發生的一切，都是完全確定的；「那裡」——即世界的界限外，在永恒的來世，上帝那邊，所發生的一切都是不確定的，僅僅是從假設推演出來的。這裡不應該作惡，儘管避惡原則在邏輯上無法演示。而同樣，世界的存在也在邏輯上無法演示。世界存在著，儘管可以不存在。作惡是可以的，但不該作惡，不該做是因為我們有根據互通有無律的共識：我加之於汝，還報之於我。它與上帝存在還是不存在無涉。要是我不去作惡，是以為在「那裡」將獲罪受罰，要是我行善，是指望在「那裡」獲得回報，這就等於根據不確定因素指導行為。不過，這裡不可能有比我們相互商定此事更加確定的根據。要是「那裡」有其他根據，我可沒有跟了解這裡的情況一樣確切了解它們。活著時，我們遊戲

人生博弈，生活中我們是盟友，每個人。因此我們之間的博弈是完全對稱的。我們假定上帝，就等於假定在現世之後能繼續博弈。我認為，只要絲毫不影響這裡的博弈進程，應該允許假定這樣延續博弈。否則，為了某個也許並不存在的人，我們很可能會犧牲這裡存在的東西，而且是確定存在的。

NAAD說，不清楚ADAN 300對上帝的態度。他不是已經承認造物主存在的可能性了嘛：這又怎麼樣呢？

ADAN答道：不怎麼樣，至少在義務領域內沒什麼好說的。我認為，以下的原則放之諸世界而皆準，臨時倫理總是獨立於先驗倫理。這意味著，現時現地的倫理的外面，沒有使其實體化的道義約束力；這意味著，作惡者是地地道道的無賴，而行善者是不折不扣的義士。假如有人打算侍奉上帝，認為贊成上帝存在的論據是充分的，他並不因此在這裡獲得任何附加的功勞。那是他的事情。這一原則建立在假設之上，假如上帝不存在，那麼就蹤跡全無，假如上帝存在，就是全能的。上帝全能，就可以不僅創造另一個世界，而且還可以創造一種跟我的推理基礎迥異的邏輯。根據這個異邏輯，臨時倫理的假設必然依賴超絕倫理。那樣，如果沒有明白的證據，邏輯證據就具有了強制力，迫使人接受上帝的假設，否則有對理性犯罪的危險。

NAAD則說，也許上帝並不希望出現強迫信教的情形，根據ADAN 300提出的異邏輯創世，就會有這種情形。對此，ADAN答道：

全能上帝必須也做到全知；絕對權力並非獨立於絕對知識的東西，因為能夠做一切卻不知道發揮其全能所帶來的後果的人，就此

197

不再全能；要是上帝就像傳說的那樣不時創造奇蹟，就會使其完美性大打折扣，因為奇蹟違反了其所造物的自主，是暴力干涉。可是規範了所造產品、自始至終了解其行為者，沒有必要去違反那個自主；要是真的去違反了，並保持全知，這意味著他根本沒有在改正自己的工作（畢竟改正只能意味著非全知的起步），而是通過奇蹟提供了自己存在的跡象。哎，這可是邏輯錯誤，因為提供這種跡象必產生所造物局部差錯被改善的印象。對新模型進行邏輯分析，得出了以下結論：所造物發生的改正並不來自自己，而是來自外部（來自先驗的，來自上帝），因此奇蹟真的應該成為正常現象，換言之，所造物應該加以改正和完善，使得奇蹟最終不再需要。奇蹟是專案性干預，不能**僅僅**充當上帝存在的跡象：畢竟除了揭示其作者，還總是指出受話者（幫助針對**這裡**的某人）。於是，邏輯方面必須這樣：要嘛創世是完美的，奇蹟也就沒有必要；要嘛奇蹟有必要，創世也就不完美了。（不管有沒有奇蹟，只能改正其有缺點的，因為奇蹟去插手完美，只能騷擾它，乃至使其惡化。）因此，通過奇蹟指示自己存在，相當於使用邏輯上最差的顯現途徑。

NAAD又問，上帝是否並不想要在邏輯和信教之間一分為二：也許信仰行為恰恰是要邏輯順從於全部的信賴呢。

ADAN答道：一旦我們認為某物（一個存在、神義論、神譜之類）的邏輯重構具有內部矛盾，顯然就有可能隨心所欲地證明一切。看看實際情況吧。我們談論的是創造某人，賦予他特定的邏輯，接著要求把這個邏輯貢獻出來，投身對造物主的信仰。這個模型本身若要保持不自相矛盾，就要求以後設邏輯的形式，應用一種截然不同的推理，取代所創者邏輯上自然萌生的推理。要是那樣還

沒有揭示造物主的徹底不完美，也就揭示了我稱為數學不精緻的一種品質——創世行為自成一體的無次序（不連貫）。

NAAD堅持說：也許上帝這樣做，正是為了對自己的所造物保持神妙莫測——也就是通過上帝給的邏輯不能重建。簡言之，上帝要求信仰壓倒邏輯。

ADAN答道：我懂你的話。這當然是可能的，但是即便如此，與邏輯格格不入的信仰，也造成了道德方面的極其不痛快的窘境。那樣就必須在推理的某一點暫停，讓位給一個不清楚的設想——也就是把設想放在邏輯確定性之上。這要以無限信任的名義來做；這裡陷入了循環論證，因為理應信任的東西假定存在，就是當初**邏輯上正確**的推理思路的產物；於是出現了邏輯矛盾，某些人認為它有積極價值，稱之為「上帝的奧秘」。從純粹構成派的觀點看，這種解決方案是爛貨，從道德的觀點看是可疑的，因為「奧秘」可以成功地建立在無窮之上（畢竟無窮是我們世界的特點），可是通過內部自相矛盾維持、加強它，按照任何建築學標準看，都是背信棄義。神義論的鼓吹者一般並不意識到是這樣的，因為他們在某些部分繼續應用普通邏輯，其他部分則不用。我想說明的是，假如相信「心誠則靈」的矛盾，就應該只相信矛盾，而不要同時在其他領域仍然相信非矛盾（即邏輯）。不過，若要堅持這種奇怪的二元論（非永恒的永遠服從邏輯，而先驗的只是片斷地服從），那就得到在邏輯正確性方面「拼湊」的創世模型，人們不再可能假設其完美性。人們不可避免地得出結論，完美性是必須在邏輯上拼湊的東西。

EDNA問：這些不連貫性的連接是不是愛？

ADAN答：即使如此，也不可能是任何形式的愛，除非是令人盲

目的愛。上帝若是存在，假如上帝創造了世界，就已經允許它按照其能力和意願進行自治。對於上帝存在的事實，不要求感謝上帝；這種感謝假定了預先決定，上帝能夠不存在，而這樣不好——這個前提導致了另一種矛盾。對於創世行為的感謝怎麼辦？這也不是多虧了上帝。因為它假定被迫相信，存在肯定比不相信好；我無法設想，這又如何能夠證明。對於不確切存在的人，不可能效勞或者傷害；要是全知的造物主預先知道所造物會感激自己，愛自己，或者會忘恩負義，拒絕自己，因此而製造一個限制，儘管所造物不能直接理解。正因為此，什麼也不欠上帝的：沒有愛憎，沒有感激，沒有非難，不希望回報，不懼怕報應。什麼也不欠。渴望這種感情的上帝，必須首先向感情主體保證，上帝的存在不容置疑。愛可以被迫依靠它是否激起互惠的推測，這可以理解。可是被迫依靠被愛者是否存在的推測，這愛就是廢話了。全能者滿可以提供確定性的。由於上帝沒有這樣做，假如上帝存在，肯定認為沒必要。為什麼沒必要？懷疑油然而生，也許上帝不是全能的。並非全能的上帝理應得到類似憐憫的感情，還有類似愛的東西；但是我認為，我們的各種神義論根本不允許這樣。於是我們說：我們侍奉自己，不侍奉別人。

　　神義論上帝是開明抑或專制的論題，我們就不贅述了。這段占本書很大篇幅的論證，難以濃縮。多布記錄的討論闡述，有時是ADAN 300、NAAD等類人類的集體研討，有時是獨白（實驗員能夠通過接入電腦網路的相應設備，記錄哪怕純屬心理的序列），這幾乎占全書三分之一的篇幅。正文裡找不到對此的評論，但多布的作者後記中有這樣的陳述：「ADAN的推理似乎無可爭辯，至少我看是

這樣的：畢竟我才是他的創作者嘛。他的神義論裡，我是造物主。實際上，我借助阿朵奈（ADONAI）九代程式製造了那個世界（序列號47），並用耶和華六代程式修訂版本創造了類人類胞芽。這些初始實體產生了三百個後代。實際上，我並沒有以公理形式向他們傳達這些資料，傳達我在他們世界界線之外的存在。實際上，他們僅僅通過推理達成了我存在的可能性，靠猜測假設。實際上，我創造智慧存在時，並不覺得有權向他們要求任何特權——愛、感激，乃至這樣或那樣的信奉。我能夠縮放他們的世界，加速減速這個世界的時間，從而改變他們的感知方式和途徑；我可以消滅他們，分裂他們，繁殖他們，改造其存在的本體論基礎。於是，我對於他們是全能的，可是這並不意味著，他們虧欠我什麼。就我來說，他們並不受惠於我。我確實不愛他們。其中根本沒有愛這回事，儘管我想某些實驗員可能對自己的類人類懷有這種感情。依我看，這一點也沒有改變形勢——無濟於事啊。姑且想像，我給我的BIX 310 092加上了巨型的附屬設備，而成為『將來』。一個接一個，我把我的類人類『靈魂』放過連接管道，進入單元中，並且在那裡獎勵信仰我、崇敬我、感謝信任我的人，而其他的人，用類人類的辭彙叫『不像上帝的』，則加以懲罰，例如消滅或者折磨。（至於永世的懲罰，我想都不敢想——我還不是那麼魔性十足！）我的行動無疑會被當作一件無恥下流的自我中心作為，是低俗的非理性復仇行動——總而言之，是在完全支配蒙昧者形勢下的最終邪惡行徑。而這些蒙昧者對付我的是不容辯駁的**邏輯證據**，那可是保護他們行為的神盾。顯然，人人有權從類人類實驗中得出自己認為合適的結論。伊安·康拜博士曾經私下對我說，我畢竟可以使類人類社會確信我

的存在。哎，這一點我是肯定做不得的。那樣對我來說會酷似在誘導續篇——也就是他們的反應。但他們究竟能夠對我做什麼、說什麼，我才不會感到深深的尷尬，作為他們不幸的造物主地位所帶來的痛苦煎熬？用電的賬單得每季繳一次，我的大學上司要求實驗『做總結』的時刻，也就是切斷機器的一刻，或者說世界末日快來了。那個時刻我打算竭盡所能地推遲。這是我能夠做到的唯一的事情，但並非我認為值得稱道的事情。這是俗話說的『卑鄙勾當』。這樣說，我希望沒有人想入非非。要是有人這樣做，好，那是他的事情。」

宇宙創始新論
The New Cosmogony

　　本篇是阿爾弗雷德·特斯塔（Alfred Testa）教授在諾貝爾獎頒獎典禮上的演講稿，選自紀念文集《從愛因斯坦宇宙到特斯塔宇宙》（*From the Einsteinian to the Testan Universe*），本書經學術出版公司授權後重刊，以饗讀者。

　　尊敬的殿下，及女士、先生們。有幸站在領獎臺上，我想借此機會介紹一下，導致新的宇宙模型學說興起的背景情況，它由此標出人類在宇宙中的位置，與其歷史地位是迥然不同的。這句話來頭大，我不是指自己的研究，而是紀念一位不再與我們同在的人，這裡的消息得歸功於他。我提到他，是因為我最最希望不要發生的事情卻發生了，在當代人眼裡，我的研究使阿里斯蒂德·阿徹羅普勒斯（Aristides Acheropoulos）的工作大為遜色，以致理應是夠權威的科學史家伯納德·維登塔爾（Bernard Weydenthal）教授，最近在他的《遊戲和陰謀的宇宙》（*Die welt als Spiel und Verschwörung*）一書中

寫道，阿徹羅普勒斯的巨著《宇宙創始新論》（*The New Cosmogony*）並不是符合科學的假設，而是幻想文學，連作者本人都不相信該書的現實性。同樣，哈蘭·斯蒂明頓（Harlan Stymingston）教授在《博弈論的新宇宙》（*The New Universe of the Game Theory*）中，認為沒有我特斯塔的研究成果，阿徹羅普勒斯的觀念就會停留於區區一個鬆弛的、基植於萊布尼茲預設的和諧世界模型的哲學概念——而精確科學界從不把這個模型當一回事認真看待。

於是，有人說，我把觀念創始者本人不重視的東西當回事，還有人說，我把糾纏於非經驗哲學晦澀思辨的觀念樹立於堅實的科學基礎之上。這種錯誤觀點需要解釋一下，而這解釋我是有條件提供的。誠然，阿徹羅普勒斯是個自然哲學家，不是物理學家、宇宙論者，他對觀念的闡述不靠數學。誠然，他的宇宙論直覺形象和我的形式化理論之間，有著不少差距。但尤其真實的是，沒有特斯塔，阿徹羅普勒斯照樣會做得很好，而特斯塔的一切都歸功於阿徹羅普勒斯。這個差距實在不小。以下的解釋，請你們一定要耐心聆聽。

二十世紀中葉，一批天文學家著手考慮所謂宇宙文明的問題，當時他們從事的事業對於天文學來說是可有可無的。學術界把它看作百十個怪人的業餘愛好，怪人到處都有，科學界也不例外。學術界並沒有積極反對有人出來尋找來自宇宙文明的信號，同時並不承認，宇宙文明的存在可能會影響到可觀察的宇宙。要是有哪個天體物理學家敢於宣佈，脈衝星的輻射光譜、類星體的動能學或者星系核展現的某種現象，證明了宇宙居民的有意識活動，這領域的權威沒有一位會把這種宣佈當作值得調查的科學假設。天體物理學和宇宙學對於整個問題充耳不聞；這種無動於衷在理論物理學界尤其嚴

重。當時的科學界基本上嚴守以下輪廓：若要知道鐘錶的機制，其齒輪和秤錘上有沒有細菌，對於其可動部件的結構和運動學，都毫無意義。細菌當然無法影響鐘錶的運動的！同樣，人們認為智慧體存在不能干擾宇宙機制的運動，因此研究這門學問應徹底無視宇宙中會不會有智慧體存在。

哪怕當時物理學的一位巨擘提出宇宙學和物理學大變化的可能性，而且那種大變化涉及宇宙有新智慧存在，他的推斷也只能在以下條件下出現：只有發現宇宙文明，只有收到他們的信號，並從中獲得關於自然法則的全新資訊——對，只有這樣！——地球上的科學才會發生根本改變。至於「沒有這種接觸也可能發生天體物理革命」的推論，或者是「就算極度缺乏這種接觸、信號接收；『天體工程學』也可能啟動物理學最大的革命並使我們宇宙觀的劇變」——這類事情當然從未進入過當時任何權威的腦袋。

可是，多位仍然深信不疑的傑出學者尚在人世，阿徹羅普勒斯就發表《宇宙創始新論》。我還在瑞士大學數學系攻讀博士學位時，此書就落入了我的手中。那正好是愛因斯坦做專利事務所職員，利用業餘時間打下了相對論基礎的地方。我能讀懂這本小書，因為它是以英語譯本出版——加一句，書翻譯得糟糕極了。而且，它是科幻小說系列叢書之一本，那書的出版商除了印行這種文學，不出其他書的。我後來才聽說，書的原文幾乎被刪去一半。無疑，這個版本的情況（作者對此也無能為力）令人認為，儘管他寫下了《宇宙創始新論》，他本人並不真的重視書中的論點。

如今是個急匆匆、瞬息萬變的時代，恐怕只有科學史家或者傳記作家才會翻開《宇宙創始新論》了。受過教育的人知道這本書及

其作者，僅此而已；於是作者就自我剝奪了一場可能因此書而起的奇特經歷。此書的內容不僅僅在我的記憶中如同二十一年前剛讀時一樣新鮮，而且伴隨閱讀而來的全部感情仍然栩栩如生。這是非比尋常的時刻。一旦抓住本書作者構思的視界，心目中第一次形成宇宙正被看不見的玩家進行博弈的概念，讀者就留下了永不磨滅的印象，這是在跟令人瞠目結舌的新玩意兒打交道啊——同時覺得，這裡有一個抄襲的副本，翻譯成了自然科學語言，遠古神話的語言，這些神話構成了人類歷史不可穿透過的基岩。我看，此書論點引發我們的厭惡、乃至令人惱火的情緒，源自我們認為理性的頭腦，及經過諸多物理學訓練後，把它視作不可取——我會說甚至是不體面的。但這個神話卻是人類意志的投射。古代的宇宙論神話以莊嚴的口氣，以人類失樂園式的天真純樸，記述了生命存在從造物要素的衝突中跳出來，這些要素被傳說包裹在各種形式和化身裡，而世界誕生於神與獸、神與精靈、或者超人的愛憎擁抱；還有人懷疑，正是這一衝突把擬人說最純粹地投射到宇宙之謎的空白空間上，而把「物理學」簡化到「欲望」層次是作者在書中的原型——這種懷疑永遠無法徹底克服。

這樣看，「宇宙新論」就像難以言表的「宇宙舊論」，它試圖用邏輯實證語言來解釋舊版，不免就有亂倫的味道，是作者庸俗的無能，想把不該聯合的個別概念和範疇不分青紅皂白地結合起來。當時，該書落入了若干傑出思想家的手中，我現在知道，很多人說他們看的時候很不耐煩，且大發雷霆，鄙夷地聳著肩；也許沒有人讀到結尾。我們不應該對這些人的先驗方法及先入為主的惰性太過生氣，因為此書有時確實像胡說八道，簡直無比荒唐：它給我們

提供了帶面具的神靈，身穿物質存在外衣的神靈，而且是用邏輯命題式的乾巴巴語言提供；同時宣稱自然法則為神靈衝突的結果。結果，我們瞬間被剝奪了一切：既剝奪了信仰，它構想中臻於完美的「超然存在」，又剝奪了科學，它誠實、世俗、客觀，嚴肅冷靜。到頭來，什麼也沒有給我們留下；所有的前提──不管是信仰的還是科學的，都變得徹底不適用。這令讀者感到被野蠻地對待──在既非宗教、又非科學的神秘語境中橫遭搶劫。

本書在我的心中產生的破壞性，我無法描述。當然，學者的義務是扮演科學上的疑心多問者，可以挑戰科學的每一條主張。不過我們當然不可能同時質疑一切的！阿氏也許並不是故意避而不說自己的偉大，但因此效果太好了！他完全沒沒無聞，是小國百姓，他沒有物理學、宇宙學的執業證明，最後，登峰造極的是，他沒有前人可資聯想。他寫了古往今來聞所未聞的東西！每一個思想家，每一個精神革命家都擁有某種老師，青出於藍而勝於藍。可是，這位希臘人單槍匹馬地登場了，這種先行者的命運必然是孤立無援，他的一生就是明證。

我不認識此人，對他了解頗少。如何糊口對他來說始終無關痛癢，他在三十三歲時寫下了《宇宙創始新論》的初稿，當時已經是哲學博士，卻無處出版。他淡泊地承受了自己觀念的失敗──自己生活的失敗，很快便放棄了出版《宇宙創始新論》的努力，意識到自己徒勞無功。他留在學校成了工友，這所學校也是他因討論古人比較宇宙論的力作獲得了博士學位的地方。接著，他做了麵包店夥計，然後是運水員，同時函授學習數學，跟他接觸的人均未聽他提起過《宇宙創始新論》。他很詭秘，全然不關心親近的人和他自

己。他說出極度褻瀆科學和信仰的東西，而如此毫無顧忌，這種泛異端邪說，這種憑智力勇氣蹦出的普遍大不敬，只能把他同讀者一刀兩斷。我猜想，他接受英國出版商的出價時，心態活像荒島落難者向大海中投擲求救漂流瓶一樣，希望能夠為自己的想法留下些許痕跡，因為他堅信己論屬實。

儘管翻譯蹩腳，刪節毫無道理，使《宇宙創始新論》面目全非，這部書仍然是洪水猛獸般的作品。阿徹羅普勒斯推翻一切，絲毫不留情，那可是科學和信仰幾百年來所確立下來的東西；他留下一片廢墟，撒滿了他打碎的概念的瓦礫，以便從頭幹起，也就是再造宇宙。這書中令人毛骨悚然的奇觀迫使我們採取守勢：我們認為，作者想必是大瘋子，要嘛就是大傻瓜。他竟還有專業學位簡直難以置信。這樣打發他的人重新平衡了閱讀心理。我和《宇宙創始新論》所有其他讀者的唯一差別在於，這個我做不到。不肯徹頭徹尾否定此書的人，會茫然不知所措，永遠無法將它擺脫。要是有定律的話，這裡有一個排中律：假如阿氏不是精神病，不是笨瓜，那就肯定是個天才。

要接受這種診斷結果可不容易！該文本持續不斷地在讀者眼前變化，讀者不由得注意到，衝突遭遇（即博弈）的矩陣，就是尚未完全拋棄摩尼教善惡獨立要素的任何宗教信仰的形式骨架——哪裡有不說善惡的宗教呢？我的愛好和訓練使我成了數學家，而阿氏讓我成了物理學家。我敢肯定，要不是此君，我與物理學的任何接觸，會漫無邊際，空洞無物。他轉化了我，我甚至能夠指出書中是在何處完成此舉的。我是指此書的第六章第十七節，該處談到牛頓、愛因斯坦、金斯（James Hopwood Jeans）[1]、愛丁頓（Arthur

Stanley Eddington)[2]之流對於自然法則可以接受數學表達的事實很驚訝,而純屬邏輯頭腦運行的成果——數學能夠證明它堪與宇宙匹敵。某些巨人,比如愛丁頓和金斯,認為造物主是數學家,認為我們在所造物中發現了上帝特徵的跡象。阿徹羅普勒斯說,從理論物理學得知:數學的形式體系要嘛揭示的世界太少,要嘛一下子說了太多,他遂把這種迷戀階段遠遠甩在後面。數學是宇宙結構的近似值,卻鬼使神差地從未一言中的,而始終稍稍偏離目標。我們認為這種事態是暫時的,但阿氏答道:物理學家無法創立統一場論,未能把宏觀世界和微觀世界的現象聯繫起來,但這是要實現的。數學和世界會匯合的,不過不是靠進一步重建數學機器——這不會有結果。當所造物達到其目標,匯合就出現了,而現在仍然在進程中。自然法則尚未達成「應該」的那樣;法則終成正果,不是由於數學的完善,而是由於「宏觀宇宙」的實際轉換成功了!

女士們先生們,這是我一輩子碰到的最大異端邪說,它把我迷住了。同一章的後段,阿氏不多不少地說,宇宙的物理學是它(宇宙)的社會學的產物。……要正確理解這一令人髮指的論調,我們必須回顧若干基本問題。

阿氏的觀念孤立無援,在思想史上是沒有前例的。「宇宙新論」的概念儘管有我提及的貌似抄襲現象,卻與各種玄學系統決裂了,也拋下了每一種自然科學方法。涉嫌剽竊的印象是讀者的過錯,是讀者的概念惰性在做怪。我們認為整個物質世界服從於下列斷然的邏輯二分法,這純屬生物反射現象:世界要嘛是「某人」(接著在信仰的立場上,我們管「某人」叫「絕對」、上帝、「第一原因」)所創造,要嘛沒有人創造,這意味著,我們科學家看待

宇宙創始新論　The New Cosmogony

世界是：沒有人創造了世界。但阿氏說，「第三道路」（Tertium datur）[3]存焉。世界由「沒有人」創造，但還是創造出來了；宇宙擁有「造物主群」。

我為什麼說阿氏前無古人呢？他的基本觀念頗為簡單。斷言在博弈論、衝突結構代數之類學科興起之前不可能加以明確表達是不符合真相的。他的根本理念早在十九世紀上半葉就可以系統提出，甚至更早。那為什麼沒有人提出呢？我想，理由在於科學在掙脫宗教教條桎梏的過程中獲得了本身的「概念過敏症」。起初，科學與信仰相撞了，並產生了眾所周知、往往可怕的結局，如今教會仍然引以為恥，哪怕科學悄悄原諒了從前的迫害。終於，科學和信仰之間達成了小心翼翼的中立狀態，努力互不妨礙。這樣共處儘管棘手，儘管緊張，卻導致了科學的盲目，迴避「宇宙新論」理念得以棲身的地盤就是明證。此理念與意念的觀念緊密相連，也就是與對上帝個人的實質信仰相關。所以，「意念」是這種信仰的基礎。按照宗教的說法，畢竟上帝創造世界是通過意志和有企圖的行為實施的，也就是意念行為。但科學宣告此觀念可疑，甚至全然禁止它。它成了科學中的禁忌；甚至不允許提及隻字片語，以免墜入非理性偏差的致命罪惡。那種害怕不僅僅封住了科學家的嘴，而且封住了他們的大腦。

我們再次回到有關創世的話題。到二十世紀一九七〇年代末，「沉默宇宙」之謎有了一定的知名度。公眾對此感興趣了。人們第一次嘗試監聽宇宙信號（德雷克在綠堤的工作[4]），接著又有其他專案計畫，蘇聯和美國都有。但宇宙在最最精妙的電磁儀器監聽下頑固地保持沉默，其中僅僅充滿了恒星能量的要素放射的吱吱劈

啪聲。宇宙深不可測，所有的深淵裡都顯示無其他生命跡象。缺乏來自「它宇宙」的信號，外加沒有「天文工程學勞動物」的任何跡象，這是令科學煩惱的問題。生物學家發現了有利於從無生命物質誕生生命的自然條件，甚至在實驗室裡成就了生物發生。天文學家演示了行星形成的經常出現，無可辯駁地確定「大批的恒星擁有行星系」。於是，各門學科眾口一詞，生命源於自然宇宙的變化過程之中，生命演化在宇宙中應該是常見事件；並且斷定：演化譜系的頂峰是智慧的有機物，這是由「萬物的物理學秩序」統籌規定的。

科學堅持宇宙擁有居民的形象；但同時，這種判斷又被觀察到的事實頑強駁斥。理論上地球為一大批文明所包圍，當然間隔距離是恒星級的；而實際觀察的結果，我們的四面八方是毫無生氣的空洞。這個問題的最早研究者假定，兩個宇宙文明的平均距離在五十至一百光年。此假設距離後來擴大到了一千光年。一九七〇年代，無線電天文學大有進步，人們能夠搜索來自數萬光年外的信號，但那裡所聽到的也是太陽火焰的靜電干擾。整整十七年的連續監聽，沒有監測到一個信號，沒有一個跡象來支撐有智慧意志是整個宇宙後盾的假想。

阿氏便自言自語道，事實肯定正確，因為事實是知識的根基。是不是各門科學的理論才是錯誤所在？有機化學、生化合成、理論生物學和演化生物學、行星學、天體物理學，統統出了錯？不，不可能全部大錯特錯的。因此，我們觀察到（不如說我們沒有觀察到）的事實顯然並不能駁斥理論。我們所需要的是，要給資料集合後概括出來的整個思想來個重新解釋。而阿氏正是承擔了這個重任。

二十世紀裡，宇宙的年齡和大小不得不多次被地球上的科學進行修改。變化的方向總是相同：其古老和規模均被低估。阿氏坐下來寫作《宇宙創始新論》時，宇宙的年齡和大小又一次遭到修改，其存續時間定在大約一百二十億年，其可見光範圍定在一百至一百二十億光年。而我們太陽系的年齡是五十億年，因此並不屬於宇宙生下的第一代恒星。第一代出來要早得多，在整整一百二十億年前。謎底就在第一代出現到後面幾代太陽出現之間的間隔裡。

　　結果出現的情形既奇怪又好笑。一個文明若是繁榮了**幾十億年**（「第一代」文明必須得比地球老這麼多！），會是什麼模樣，從事什麼工作，給自己定下什麼目標——這是沒有人能夠憧憬的東西，哪怕是癡心妄想也做不到。這是任何人都無法想像的，因此成了最不方便的東西——從而所有研究者方便地忽略了。實際上，研究宇宙心理動物問題（psychozoics）的人，對這種長命文明也隻字不提。其中膽子較大者有時說，類星體、脈衝星也許是強大無比的宇宙文明活動的表現。可是，透過簡單計算就可知道，地球若是按目前速率持續發展，只要再過**幾千年**就可以達到這種極端「天體工程學」活動的水平。然後呢？持續時間延長**數百萬倍**的文明會做什麼呢？探討這種問題的天體物理學家宣告，這種文明無所事事，因為明知道它們不存在。

　　但在第一代文明裡的「他們」發生了什麼事情呢？德國天文學家塞巴斯蒂安·馮·赫爾納（Sebastian von Hoerner）[5]認為，他們統統自殺了。既然哪裡都找不到，為什麼沒有自殺呢！不是的，阿氏回答道。哪裡都找不到他們嗎？僅僅是我們沒有感知到他們而已，因為他們已經**無所不在**。也就是，不是他們，而是他們的勞動成果：

一百二十億年前，對，當時空間是沒有生命的，而第一批生命種子在其中萌動，在第一代恆星的行星上。但萬世過去之後，那個宇宙原基就留不下什麼了。要是認為「人工」是由活躍智慧成型，那麼圍繞我們的整個宇宙已經是人工的了。讀到這裡阿氏的斗膽直言，你一定會想立刻抗議：我們當然明白「人工」物是什麼模樣的，是從事工具性活動的智慧者生產的東西嘛！航空器在哪裡呢，摩洛神[6]機器何在，一句話，號稱圍繞著我們、構成星空的那些人的「強有力技術」在哪裡呢？但這是我們思考慣性所引起的錯誤罷了，因為阿氏說，工具性技術只有仍然處於胚胎階段的文明才需要的，比如地球文明。十億歲的文明不使用工具的。它的工具就是我們所謂的「自然法則」。物理學本身就是這種文明的「機器」！它不是「現成的機器」，沒的事情。那個「機器」（顯然跟機械毫無共同點）已經發展了十億年，其結構儘管十分先進，卻尚未完工！

斗膽的褻瀆，揭竿而起的風格，令阿氏的書滑脫了讀者的手心——想必有很多人讀來是這樣的。可這僅僅是作者深入離經叛道之途的第一步，他可是科學史上最大的異端王啊。

阿氏拋棄了「天然」（大自然的工作）和「人工」（技術工作）的區別，進而捨棄了制定的法律和自然法則之間毋庸置疑的差別。……他丟下了那個信條，即任何物體可按來源分成人工和天然，才構成了世界的客觀屬性。他認為，這一信條是思考上的根本偏差，是由於他稱為「概念眼界向本身逼近」的效應而引起的。

阿氏說，人觀察自然，其行動則向自然學習；人密切注意落體、閃電、燃燒過程；自然始終是老師，人是學生；一定時間以後，人便開始模仿自己身體內的過程。後來有了生物學，人從身體

自習課程，但即使在此時，就像穴居人一樣，還繼續把大自然當作解決方案的完美上限。人告誡自己，也許有朝一日，他終將接近於跟大自然的卓越行動不相上下，但那樣的話，人的窮途末路也就到了。不可能再前進了，因為作為原子、太陽、動物身體、人腦而存在的東西，在構造上是永遠不可超越的。所以，天然代表「人工」重覆或者修改的一系列工作的極限。

阿氏說，這是觀點的錯誤，是「概念眼界向本身逼近」。「大自然完美」這個觀念本身就是錯覺，就像兩條鐵軌好像在遠處沒影點會聚的形象一樣。當然，只要擁有所需知識，大自然萬物都可以替換掉。可以控制原子，還可以改變原子的屬性。這裡，我們不該問自己，這種操作的「人工」產品會不會比此前「天然」的東西「更加完美」呢？但其實只是東西不同而已──各按各的設計意圖進行；只要是符合智慧意向構想的，就「更優越」，也就是「更完美」。真的，宇宙物質經過了徹底重構，還能呈現何等的「絕對優越性」呢？可能有「各種自然」、「不同的宇宙」吧，但只有一種變體得到執行，這個變體生養了我們，我們在其中存在，就這樣。所謂的自然法則，僅僅對處於「胚胎時期」的文明（比如地球文明）是不可違反的。阿氏認為，從自然法則被發現的層次，一路下去，將達到自然法則「可以制定」的層次。

這恰恰是數十億年來已經發生、正在發生的事情。當前的宇宙**不再**是自然力的遊戲場，原始質樸，盲目地誕生和毀滅太陽和太陽系們；沒這回事。宇宙中已經不再可能分辨「自然」事物（原創的）和「人工」事物（改造過）。是誰從事了這些宇宙論上的勞作？第一代文明。他們又以什麼方式進行？這就不知道了，我們的

216

知識太單薄了。那麼，我們如何，以及憑什麼能夠斷定這真的是事實呢？

阿氏回答說，要是第一代文明從一開始就自由行動，就像宗教觀念中的宇宙造物主一樣，那麼我們確實就永遠無法察覺所發生的變化。畢竟按照宗教的說法，上帝創世是通過純粹的有意行為，是完全自由的；而第一代文明智慧所處的情形就不同；文明興起會受到衍生出他們最初物質的屬性限制；這些屬性制約他們以後的行動；從這些文明現在的行為方式，可以間接猜測心理動物宇宙論的起始狀況。這談何容易，因為不管發生了什麼，文明在改造宇宙的工作中並不是毫髮不損的；他們是宇宙的一部分，不可能光觸動宇宙而不觸及自己。

阿氏使用了以下的視覺模型。在瓊脂培養基上放置菌落，可以立刻分辨起始（「天然」）瓊脂和這些菌落。然而，隨著時間過去，菌落的生活過程改變了瓊脂培養基，把某些物質帶入其中，吞噬了另一些物質，所以營養素的構成（酸度、黏稠度）產生了變換。由於這些變化，瓊脂有了新的化學機理，並引起新菌種的興起，對於原菌親本一代來說已經變得面目全非，而這些新菌種不多不少是所有菌落集體地和培養基進行「生化博弈」的產物。要是早先的菌種沒有改變環境，後來的菌種就不會興起，因此後來的菌種就是博弈本身的所造物。同時，個別菌落根本不需要互相直接接觸，它們互相影響，卻只通過營養素酸鹼平衡中的膜滲透、漫散、替位。可以看到，原來的博弈狀態有消失的傾向，代之以質量上新的、起初不存在的博弈交互作用形式。用原生宇宙代替瓊脂，原生文明代替菌落，就獲得了「宇宙新論」的簡化版觀點。

從歷史上積累起來的知識來看，到目前為止，我完全是癡人說夢。不過，什麼也不能阻止我們使用最最任意的假定去做思想實驗，只要邏輯上說得通即可。因此，我們一贊成宇宙博弈的模型，就出現了一系列問題，必須提供前後連貫的答案。尤其是涉及起始狀態的問題：我們能不能就此推斷出一點點東西，能不能通過推斷追溯博弈的起始條件？阿氏認為這是有可能的。博弈要起頭，原生宇宙必定擁有定義清晰的屬性，因此它不是物質上的混沌，而是服從某種規則。

　　然而，這些規則未必非得是普遍的，也就是到處都相同。原生宇宙在物質上可以是異質的，可以代表互異物理學的某種雜燴，物理學不是處處相同，甚至不是處處同樣嚴密（在不嚴密的、非限定的物理學統治下發生的過程，不會總是採取相同的路線，儘管假設條件大同小異）。阿氏斷定，原生宇宙恰恰是這種物理學「拼湊物」，文明只有在其中的若干地點才能興起，相互間距離相當大。他構想的原生宇宙是一個蜂窩狀的物理共構；蜂窩裡面的巢室，在原生宇宙中成了暫時穩定的物理學區域，各個物理學與鄰區的物理學不同。各個文明在這種圈子裡發展，相互隔絕，以為自己在整個宇宙中獨一無二，隨著力量和知識的增長，會嘗試向四周傳授穩定性，而且施力半徑越來越大。這種嘗試一旦成功了，長此以往這種文明的離心工作便開始遭遇某些現象，不僅僅是時空環境的天然要素性質所致，而且是其他文明的工作表現。阿氏說，博弈的第一階段——初級階段就這樣結束了。文明不可能直接相互接觸，但一個文明建立的物理學，在擴張中總是撞上鄰居的物理學。

　　這些物理學相互穿越時不能不相撞，因為各不相同；他們各不

218

相同，是因為各個文明分開考慮，並不代表相同的起始生活條件。個別文明長期以來並沒有意識到，他們的工作已經不再穿透完全惰性的要素，而是觸及了「用意念啟動」的工作領域——也就是其他文明的工作。於是，文明間彼此逐步地有了共識理解。但這種文明間決定無疑不是齊頭並進的，所以開展了下面一個階段，即第二階段博弈。阿氏為了使自己的假設真實可信，在《宇宙創始新論》中加上了若干假想鏡頭，描述根本法則互異的各種物理學衝突的那個宇宙時代。衝突的序曲是烈焰爆發，各種各樣的湮沒和轉換，釋放出巨大的能量。這想必是高能量撞擊，回聲至今還在宇宙中迴響，其形式是一九六〇年代天體物理分辨出來的剩餘或者背景輻射，猜想那是宇宙從其點源爆炸誕生時產生的衝擊波殘跡。這種爆炸（「大爆炸」）創世模型，當時有許多人覺得可信。但又經過億萬年之後，彷彿大家都獨立地發現，他們與之進行對抗性博弈的，不是自然力量，而是不知不覺地與其他文明較勁。而決定他們其後的戰略的重要，就是根本不可能互有溝通、建立聯絡，因為文明間無法把任何訊號從一個物理學領域傳遞到另一個物理學領域裡去。

於是，大家只得分頭奮鬥。繼續他們以前的戰術——哪怕不是危機四伏，也是毫無意義；他們不能浪費力氣去正面衝撞，於是不得不團結一致，而團結卻不曾經過任何事先安排。這種決定又是分先後做出的，不過最終導致博弈走向第三階段，甚至我們現在還處於這個階段。宏觀宇宙中幾乎整個心理動物群體都在進行休戚與共而又規範一致的博弈。在此群體內的成員，行為活像輪船的船員，風暴來臨時，就往波濤上澆油；儘管他們沒有協調這個行動方向，卻是大家都有好處——是不是啊？每個玩家按照戰略性的極小極大

定理來操作：改變現狀，以便使共同利益最大化，危害極小化。因此，當前的宇宙是同質的，各向同性的（統統由相同的法則支配，其中沒有偏好一個方向）。愛因斯坦發現的宇宙屬性，來自分頭進行卻是殊途同歸的決策，因為玩家的形勢相同嘛；但一開始相同的是他們的**戰略**形勢，**物理**形勢則不一定。這不是由統一的物理學引起了博弈的戰略，而是反其道而行之：極小極大定理的統一戰略引起了單一的物理學。宇宙造物主，乃最大受益者也（Id fecit Universum, cui prodest）。

女士們先生們，我們都知道，阿氏的憧憬符合現實的大致輪廓，卻包含若干過分簡單化的特性和錯誤。他提出，在不同物理學的框架下，同類的邏輯可以出現。假如生於「宇宙蜂窩」A的文明A1原本的邏輯不同於「蜂窩」B興起的文明B1，那麼兩者就無法應用相同的戰略從而統一其物理學了。於是他提出，不相同的物理學仍然可以促成單一邏輯的興起——否則他就無法解釋宇宙發生了什麼。這個直覺中有些許真理，不過事情比他所想像的要複雜得多。依據「逆向運作」原則，我們從他那裡繼承了重建博弈戰略的計劃。我們以現在的物理學作為出發點，試圖揣測是什麼——以玩家決策的形式——引起它的。由於事情的進展不能看作線性序列，這個任務越發困難了；彷彿原生宇宙決定了博弈，而博弈又決定了我們現在的物理學。改變物理學的人也改變了自己，也就是，他在轉換環境和自我轉換之間創造了一個反饋迴路。

博弈的主要危險性，使玩家們採取了若干戰術計謀，他們想必意識到威脅了。各文明努力實現太過激烈的轉換，也就是為了避免宇宙性相對主義，他們創造了**層級式物理學**。層級式物理學是「非

全面的」。比如，哪怕原子規模的物質不擁有量子屬性，力學無疑也不受干擾。這意味著，個別的現實「層次」擁有有限主權，即特定層次不必保留其全部法則才可確保其上一個層次存在。這意味著物理學可以「一點一點地」改變，一套法則並不是每一改變就牽涉到改變全部物理學的所有現象層次。玩家遇到的這種困難，使得阿氏起草的簡單美妙博弈憧憬（三階段的歷史）不可能實現了。阿氏懷疑，不同的物理學在博弈過程中相互「衝撞」，想必消滅了一部分玩家，因為起始狀態都不會允許同質性的。毀滅處境不利的夥伴的實際意圖，無須觸發其他玩家的行動。誰存續，誰滅亡的問題是由純粹的機緣決定的，不同的文明具有不同的環境——這都完全是隨機的。

阿氏認為，這種可怕的「戰鬥」中，不同的物理學迎面相撞，那最後的戰火我們仍能看到，形式是類星體，釋放的能量在1063爾格左右，這種能量在已知的物理過程中是無法釋放出來的，因為類星體佔據的空間比較小。他想，看到類星體，我們等於在目睹五、六十億年前發生的事情，那是博弈的第二階段，因為光線從類星體抵達我們這兒就需要這點時間。但他的這個假設是錯的。類星體我們要視為另一類現象。必須注意的是，阿氏缺乏能讓他修改這種觀點的資料。我們要徹底重構玩家們的起始戰略是不可能的；直率地說，我們只能回溯到玩家們著手的地方，跟他們現在做的大同小異。要是博弈具有臨界點，必須根本性地改變戰略，我們的追溯就無法逾越第一個臨界點。結果我們對產生博弈的原生宇宙就無法確切瞭解。

然而，我們看看現在的宇宙，就察覺其結構中體現著玩家們所

用戰略的基本原則。宇宙持續地膨脹著，它速度有限，或者由光線設立了屏障；它的物理學法則確實是對稱的，但該對稱並不完美；宇宙架構成「層級性的，凝聚在一起」，其中的星星都凝聚成一團一團的，再構成星系，並組合成濃縮的結點，最終所有這些濃縮點成為總星系。另外，宇宙擁有總體不對稱的時間。這就是宇宙結構的基本特點，對於每一點，我們都在宇宙起源博弈結構中找到深刻的解釋；博弈還讓我們懂得，為什麼其中一個主要原則必須是遵從「沉默的宇宙」。還有：為什麼宇宙恰恰以這種方式安排？玩家們知道，恒星演化中必須產生新的行星和新的文明，因此他們要確保這些未來玩家的候選人、年輕的文明無法打破博弈的平衡。為此，宇宙膨脹了：因為只有在這樣的宇宙中，儘管新興文明層出不窮，把它們分開的距離卻永遠是廣漠的。

哪怕在膨脹的宇宙中，如果新玩家沒有限制遠距離行動速度的內建門檻，就仍能夠發生溝通，這會導致「私通」，形成新玩家的局部同盟。讓我們設想一個宇宙，其物理學允許增加行動傳播速度，與投入能量成正比。在這種宇宙中，控制的能量五倍於所有其他人，就可以以五倍的速度迅速了解他人的狀況，並以這個優勢給他們施以決定性打擊。在這種宇宙中，存在著控制其物理學的壟斷性，控制博弈中所有其他夥伴的可能性。這種宇宙可以說是鼓勵敵對、能量競爭、奪權。而在現實的宇宙中，為了超過光速，需要的能量是無窮大的，換言之，衝破那個屏障是完全不可能的。

因此在現實宇宙中囤積能量是得不償失的。時間流不對稱的理由也是相似的。如果時間可以逆轉，如果時間逆轉可以靠投入足夠的資源和力量來實現，就又有可能支配夥伴了，這次是靠廢除對方

的每一個步驟。所以，宇宙不膨脹，宇宙無速度屏障，宇宙時間可逆，就不允許博弈充分穩定。而整個目的是穩定博弈，而且是有規範地穩定。玩家們的步驟就是為了達成這個目的，已經把它納入了物質結構。當然，通過已經確立的物理學來防止所有擾動和所有侵襲，比起任何其他預防法（例如，使用強加的法則、威脅、監視、恐嚇、限制、懲罰），顯然是更加可靠，更加激進的手段。

結果，宇宙構成了一個吸收遮罩板，抵擋所有在博弈中達到正式選手水平的人。他們遭遇到必須遵守的規則。玩家們已經使自己的語義溝通不可能實現；他們用杜絕博弈破例的方法讓別人理解。物理學現成的一致性本身就證實了他們的相互協定。玩家們通過在彼此間創立和維持某種距離，使獲得其他玩家狀態的戰略可操作資訊所需時間，總是多於目前博弈戰術的操作時間，所以杜絕了任何有效語義溝通的可能性。於是，如果一個夥伴實在地與鄰居「對上話」，所得到的消息就一律是過期的，從一方得到的時刻起就過期了。所以，宇宙中沒有機會形成對抗的集團，去搞陰謀、建立地方權力中心、聯盟、串聯等等。為此他們互相不講話；他們自己加以防範；這是博弈穩定、從而是宇宙起源論的原則之一。這就解釋了沉默宇宙的部分奧秘。我們無法收聽玩家的對話，因為他們沉默，按照他們的戰略保持沉默。

阿氏的猜測是正確的。《宇宙創始新論》字裡行間可以看出他的透徹，他預測到了有人反對這個博弈形象。反對派的大意是，數十億年勞作去重建整個宇宙，和重建的目的之間實在不成比例，目的是區區的宇宙綏靖——借用內置的物理學。（假想的批評者說法）什麼？你是說，數十億年的開化，尚未足以使不可思議的長壽

社會自覺拋棄所有形式的侵襲，而且「宇宙和平」必須用專門為此重塑的「自然法則」加以保證嗎？你是說，能量超過數百萬星系當量的集體努力，其目標僅僅是對軍事行動設立屏障和限制？對此阿氏答道：這類物理學，使宇宙保持和平，在博弈誕生時是必需的，因為只有一個戰略能使宇宙在物理學上同質；否則，廣袤的宇宙會被盲目災變的混沌所吞噬。原生宇宙中，生存條件比如今惡劣多了，生命的出現僅僅是「例外」，隨機地自生自滅。總星系在膨脹，時間之流不對稱，層級結構——所有這些不得不一開始就確定；它是為下一個操作打地基所需的最起碼秩序。

阿氏認識到，如果該轉換階段構成了存在的歷史，那麼玩家們的面前應該是一些深謀遠慮的新目標，他試圖把它們發掘出來。不幸的是，他無功而返。這裡，我們接觸到他的系統中的隱性敗筆。阿氏努力不通過重構其形式結構，即從邏輯上來掌握博弈，而通過設身處地模仿玩家心態從心理上解決。然而，人類不可能了解玩家們的心理，不可能理解他們的倫理準則，因為我們缺乏資料嘛。我們不能自顧自想像玩家們的想法、感覺、欲望，就像猜想某物「作為電子而存在」的涵義，導致無法建立物理學一樣。

玩家的宇宙存在對我們來說，就像電子的宇宙存在一樣不可知。電子是物質過程的無生命粒子，而玩家是智慧的人，因此大概跟我們一樣，但這沒有實質意義。我提及阿氏系統中的敗筆，因為《宇宙創始新論》有一處，他頗為清楚地說明，玩家們的動機不能依靠內省來重溫。他知道這一點，但還是屈從塑造他的思維方式，因為哲學家首先總是盡可能理解，然後是概括；然而，對於我，從一開始就清楚，以這種方式創造博弈的模型是不允許的。「理解」

的方法預設從外面觀察整個博弈，也就是其觀察點並不存在，且永遠不會存在。意念行動不應該等同於心理動機。玩家們的倫理不應該為博弈分析者所考慮，就像軍事領袖的個人倫理不必為戰史家所考慮一樣，史家是研究戰爭中前線行動的戰略邏輯的嘛。博弈模型是受博弈狀態和環境狀態制約的決策性結構，不是各個玩家持有的個別準則、價值、需要、奇想或者標準的合力向量。他們玩同一個博弈，絲毫不意味著他們必定在其他方面相似！他們就像人與電腦對弈象棋的雙方一樣互不相同。所以，完全有可能存在生物學上並不活著的玩家，它們依靠某個非生物發展而興起，而有的玩家則是人工引發演化的合成物。可是這種考慮在玩家們的理論中沒有合法地位。

阿氏最最麻煩的難題是「沉默的宇宙」。他的兩條規則眾所周知。第一條規則說，低一等的文明無法找到玩家們，不僅因為他們沉默，而且因為他們的行為並不可能在宇宙背景中凸出，這是因為**它就是那個背景**。

第二條規則說，玩家們並不以關愛或者賜教的態度與年輕文明溝通，因為他們無法明確知道這種溝通的發送地址，而沒有地址他們不想利用廣播。為了向特定地址發送資訊，必先知道被發送者的狀態，但這件事受到博弈第一條原則的妨礙，對時空行動確立了屏障嘛。我們知道，獲得的任何資訊（有關於其他文明的狀態）在收到時刻必定早已過時。玩家們確立屏障的時候，就使自己不可能了解其他文明的狀態。另一方面，發送沒有地址的溝通資訊，即無定向廣播，一概是弊大於利。阿氏用實驗演示了這一點。他拿起兩排卡片，一排寫上一九六〇年代的最新科學發現，另一排寫上百年

（一八六〇～一九六〇）內的歷史年月日。接著，他抽出一雙雙的卡片。純粹靠機緣把發現和日期配對，以便類比無定向發送資訊。事實上，這種傳播對於接收者簡直毫無積極價值。在大多數情況下，抵達的溝通資訊要嘛無法理解（一八六〇年的相對論），要嘛無法使用（一八七八年的鐳射理論），要麼絕對有害（一九三九年的原子能理論）。因此，玩家們保持著沉默，因為阿氏說，他們希望年輕的文明好好發展。

可這種思路納入了倫理學，從而不再穩當。宣稱文明在工具上、科學上越發達，就必須越符合倫理道德的說教，立刻從外部納入了博弈論。但宇宙起源博弈的理論是不能這樣架構的。除非博弈結構不可避免地導出沉默的宇宙，否則博弈的存在必定遭到質疑。臨時權宜的假設不能拯救其可信度。

阿氏對此一清二楚。這個問題帶給他的煩惱遠甚於他本人的沒沒無聞。他在「道德假設」之外增加了其他假設，但弱假設再多，也無法替代一個強假設。此刻，我必須講講我自己了。我這個阿氏的後繼者有什麼作為呢？我的理論來自物理學，終於物理學，但本身不屬於物理學。顯然，結果若僅僅是我取之於斯的物理學，那就是毫無價值的同義反覆了。

迄今，物理學家的行為就像知道每個棋子怎麼走、卻不認為棋子有目標走向的觀棋者。宇宙起源博弈的走勢與象棋不同，其中有規則的變化，也就是，高低棋著兒走勢，棋子本身，以及棋盤可變。所以我的理論並非重構自博弈開端以來所發生的全部博弈，而是重構其尾盤。我的理論僅僅是整體的一個片段，從而像觀棋以後再造棄卒保車（gambit）的原則。熟悉棄卒保車原則的人都知道，犧

性有價值棋子，以便將來贏得更有價值的東西，但他不一定知道贏棋最高步驟是將死。從我們掌握的物理學，不可能推導出相關的博弈結構——連部分結構都不行。我只有追隨阿氏的天才直覺，並假定我們現在的物理學需要「完善」，方才能夠重構正在進行的遊戲總路線。我走的程式極其異端，因為科學的第一前提是世界誕生時其法則是「現成」、「完工」的命題，而我卻假定，我們現在的物理學處於走向特定轉換的過渡階段。

所謂的宇宙常量並不恆常。具體地講，波茲曼常數並非不變。這就是說，儘管宇宙中每一個起始次序（order）的終結狀態必定是混亂，混沌的增加速率卻可以讓玩家帶來變動。彷彿（僅僅是假設，不是理論推導！）玩家們通過頗殘酷的手段產生了時間的不對稱，好像他們「來去匆匆」（當然是在宇宙規模上的）。殘酷性在於他們使得熵增的梯度極其陡峭。他們利用混亂增加的強烈傾向在宇宙中樹立**單一次序**。假如從那時以來，一切都從和諧走向不和諧，那整個模型就證明是統一的，遵守共同的原則，從而進入了總體調和。

微觀世界的過程原則上可逆，這一點已知多時了。接著出現了令人瞠目的事情：理論上，如果地球上科學界投入基本粒子研究的能量擴大1019倍，**發現**事物狀態的研究，就會變成會改變該狀態！因此我們不是在觀察自然法則，而是在不知不覺中改變自然法則了。

這是一個令人難堪的問題，是當前宇宙中物理學的阿基里斯腱[7]。微觀世界目前是玩家們建設活動的主要舞臺。他們鬧得它不穩定了，便以某種方式控制了它。依我看，一部分物理學已經穩定下

來，而他們在一定程度上又把它的錨泊處解開了。他們做出修改，把已經垂死的法則拿回去再用。所以他們才保持沉默，這屬於「戰略靜音」。他們不告訴「外人」自己的所作所為，連博弈的事實都不說。畢竟了解博弈的存在，就會把全部物理學置於全然不同的境地。玩家們守口如瓶，以避免討厭的擾動和干預，他們無疑會堅定不移地維持這種沉默，直到其勞作告一段落。「沉默的宇宙」會維持多久呢？我們不得而知，我猜起碼上億年吧。

於是，宇宙來到了十字路口。玩家們這樣巨量重建，目標究竟何在？我們也不得而知。我們的理論只是表明，波茲曼常數將跟其他常數一樣縮小，直到它獲得玩家們必需的某個具體值——但為什麼而必需，我們不得而知。我們就像終於搞懂棄卒保車原理的觀棋者，卻沒有把握這步棋在整個棋局中的目的。下面我要說的則超出了我們的知識邊界範圍。面對近年來提出的種類繁多的假設，我們真正地陷入了財富的尷尬。包曼（Bowman）教授的布魯克林小組認為，玩家們想要閉合「現象可逆性的裂縫」，它仍然「留在」物質的範圍內，處於基本粒子領域。有人認為，熵梯度減弱的目的是讓宇宙改進對生命現象的適應度，甚至說，玩家們在為整個宇宙的「心理動物化」而努力。依我看，這些假設過於大膽，特別表現在它們接近於人類中心說的某些觀念。

整個宇宙正在演化為「一個大智慧」，在「給自己灌輸頭腦」，這個觀念是許多不同哲學體系以及過去大批宗教信仰的中心思想。本－努爾（Ben-Nour）教授在所著《意念宇宙起源》（*Intentional Cosmogony*）中說，最接近地球的幾個玩家（其中一個可能位於仙女星雲）沒有把他們的步驟協調到最好，所以地球留在

228

「物理學振盪」區；這意味著博弈理論並不反映現階段玩家們的戰術，而只是一個局部的、隨機的戰術凹陷。一位科普作家宣稱，地球處於「衝突」地區，兩個相鄰的玩家通過「悄悄更改物理學定律」，展開了一種「遊擊戰」，而這導致了波茲曼常數的變化。

玩家們還正在「削弱」熱力學第二定律，這一命題目前非常時髦。在此，我認為A・斯曆茨（Slysz）院士的觀點有意思，他的論文《邏輯學和宇宙新論》（*Logika i Novaya Kosmogoniya*）要求人們注意物理學和邏輯學的相關關係的歧義。他說，宇宙在熵的傾向減弱後很可能會興起龐大的資訊系統，大系統會變得笨重不堪。根據若干青年數學家的工作，玩家們已經執行的物理學變動可能導致數學上的變動，更精確地說，這會導致形式科學中非矛盾系統的可建構性轉換。從這樣的立場看，這接近於哥德爾的著名證明就不是普遍有效的命題了，即它「不適合所有可能的宇宙」，而是僅僅對當前狀態的宇宙有效；哥德爾在《論形式數學系統的不可判定定律》（*Über die unentscheidbaren Sätze der formalin Systeme*）的論文中，證明了系統數學可達到的完美有極限。（哪怕是從前，比如五億年前，哥德爾的證明也不能得出，因為當時統制數學系統可建構性的定律與現在不同。）

我不得不坦白，儘管我理解某些人就博弈的目標、玩家們的意圖、據說他們堅持的主要價值觀等等提出形形色色設想的動機，我還是為大批這種（往往輕浮的）設想的不精確，乃至誤導性感到不安。某些人現在把宇宙看作一個公寓，可以在頃刻間調整擺佈家具來滿足房客。這種對待物理學定律，對待自然法則的騎士態度，就不能當真。在我們壽命的範圍內，實際轉換的速度緩慢得難以想

像。我趕緊補充，由此產生的並非涉及玩家自身性質的幸事，比如所宣稱的長壽直至長生不老。關於此事人們也是一無所知。也許就像前面說過的，玩家們不是實在的活物，即具有生物的起源，也許第一批文明的成員一般來說（而且從遠古開始）並不親自參加博弈，而是移交給了某種巨型自動機器——宇宙起源學舵手。也許啟動博弈的一大批原生文明已經不復存在，他們的角色由自主動作的系統來承擔，它們構成了博弈夥伴中的一個百分比。所有這些都有可能，但這種問題要得出答案，一年後不行，我看一百年也不行吧。

不過，我們還是斬獲了一項確定的新知識。知識通常就是這樣，它告訴我們行動的侷限，而不是力量。今天有某些理論家認為，玩家們如果希望，就可以排除海森堡[8]的測不準理論所強加上去的測量精度限制。約翰·科芒德（John Command）博士還提出了一個構想，即測不準理論是玩家們根據與沉默宇宙規則相同的原理所引進的戰術步驟：「假如本身不是玩家，就不得以不受歡迎的方式操縱物理學」。即便如此，玩家們無法消滅物質定律的變化和頭腦運作之間存在的維繫，因為頭腦由同樣的物質構成。認為有可能設計適用於「所有可建構宇宙」的邏輯學或者後設邏輯，是錯誤的觀念，即使今天已經成功證明了這一點。我本人認為，玩家們對於這一事態一清二楚，一切正困難重重——困難的規模範圍顯然非我等所見！

假如意識到玩家們非全知就令我們吃驚，因為通過它我們察覺到宇宙起源博弈的內在風險，那麼這個想法同樣使我們的存在狀況意外地接近玩家的狀況，因為宇宙中沒有人是全能的。「最高文

明」也是部分——「對整體並不完全知曉的一部分」罷了。

　　羅納德・舒爾（Ronald Schuer）在大膽猜測方面走得最遠：他在
《頭腦製造的宇宙：定律對陣規則》（*The Mind-made Universe: Laws
vs. Rules*）中說，玩家轉換宇宙越是深刻，改變自己就越是顯著。
變化引起了舒爾所謂的「將記憶送上斷頭臺」。實際上，激進地轉
換自己的人，在某種程度上取消了自己過去的記憶，及該操作之前
的過去。舒爾說，玩家在獲得越來越大的宇宙變形權力之時，自己
就抹煞了宇宙此去演化道路的痕跡。發揮到極限的創造性全能，意
味著回頭認識的癱瘓。玩家若要努力向宇宙灌輸頭腦搖籃的屬性，
便會為此減少熵定律的力度；在十億年後，失去了伴隨他們的和之
前的所有記憶，便把宇宙帶到了斯曆茨提到的狀態。排除「熵制動
器」以後，生物圈開始爆炸性增長，大批不發達的文明早熟地加入
博弈，使其崩潰。於是，通過博弈的崩潰，混沌到來了……經過億
萬年，從混沌中冒出新的「玩家集體」……重新博弈。所以，舒爾
說，博弈循環往復地進行，因此「宇宙起始」的問題是無稽之談。
不尋常的意象，但不能以理服人。如果**我們**都可以預見崩潰的不可
避免，只消想想玩家們能夠做出什麼預測吧。

　　女士們先生們，博弈的清澈意象我已經介紹過了，博弈由相距
百十億秒差距（等於3.26光年）的智慧人展開，他們都隱藏在星雲
中間；這樣做的目的是用一股腦兒的隱晦事件、對立的假設、完全
不可能的假說再加以迷亂。但這就是知識的正道。目前，科學把宇
宙看作博弈的重疊抄本，這些博弈賦有的記憶超出了任一玩家的記
憶。這一記憶就是和諧的自然法則，法則把宇宙維繫在同質的運動
中。我們把宇宙看作一個百十億年勞作的場域，億萬年來一層一層

231

疊上，它走向目標，我們卻只能支離破碎地窺見到最細密、最微不足道的其間一斑。這個意象正確嗎？它會不會有朝一日被另一個所代替？一個繼之出現的，天差地別的意象，正如我們這個模型，智慧博弈模型，與歷史上興起的所有模型大相逕庭。要答覆這個問題，我有意援用我老師恩斯特‧阿任斯教授的話。多年前，我還年輕，我去找他，帶著包含博弈構想的初稿，詢問他的高見，他說，「理論？還是理論？大概不是理論吧。人類都準備去恒星了，對吧？好吧，這東西，哪怕微不足道，也許是我們手裡的一張藍圖，也許有朝一日夢想成真的，就這麼回事！」──我想他也不是十分懷疑的！我借用老師的話結束講演，謝謝大家。

譯註

《千兆網路》

1. 喀爾刻（Circe），希臘神話中赫利俄斯和珀耳塞的女兒，是個女魔法師，能把人變為牲畜。

2. 《吉爾伽美什》（*Gilgamesh*），人類史上第一部史詩作品，描述蘇美國王吉爾伽美什尋找永生的秘密的歷程，恩基度（Enkidu）則是他的好友。

3. 卡戎（Charon），希臘神話中冥河上的擺渡者。

4. 里爾克（Rainer Maria Rilke, 1875－1926），奧地利詩人

5. 《聖經》中記載他是雅各和利亞之子

6. 迦勒底人屬於古代閃米特人的一支，興起於底格里斯河和幼發拉底河流域，後統治巴比倫，精通占星術和占卜術。

7. 利林塔爾（Lilienthal, 1848－1896），德國航空工程師，因滑翔機試驗失敗墜機而死。

8. 魏斯曼（August Weismann, 1834－1914），德國生物學家，一八八五年提出細胞遺傳信息決定細胞功能的理論，被視為現代複製技術的開端。

9. 意即歡呼上帝。

10. 托瑪斯曼的《浮士德博士》中的主角。

11. 薩迪－卡諾（Nicolas Léonard Sadi Carnot, 1796－1832），法國物理學家，發現卡諾熱交換迴圈。

12. 波耳茲曼（Boltzmann, 1844－1906），奧地利物理學家。

13. 蒙日（Jacques Monge, 1746～1818），投影幾何的創始人。

14. 康托爾（Georg Cantor, 1845－1918），德國數學家。

15. 貝奇特加登是希特勒在巴伐利亞的度假山莊。

16. 此處指胚胎學上的古老爭論。先成說（preformation）認為每一個人在創世紀時即已形成，只是等待適當時機盛開、綻放；漸成說（epigenesis）則認為基因只能影響特定分子的結構，分子組成細胞或整個生物體之前，仍需要外來超自然力量的指引。

17. 指霍伊爾（Fred Hoyle）和米蘭（E. A. Milne）關於宇宙膨脹時重力會減弱的假說。

234

18. 鐵鎚查理（Charles the Hammer），指法蘭克領袖查理斯（Charles Martel, 688－741），用殘忍的擊殺手法對付敵人，因而得此稱號。

19. 阿爾比教派（Albigenses），十二及十三世紀法國南部的異端派別，因公開批判羅馬教廷而遭受了極嚴厲的鎮壓。教皇英諾森三世宣佈信奉異端為死罪，並組織十字軍討伐，行動從一二〇七年持續到一二四四年，使法國南部遭到大肆蹂躪二十年之久。

20. 一六〇〇年，義大利哲學家布魯諾（Giordano Bruno）因為挑戰教會對宇宙起源和結構的教義，在羅馬百花廣場的火刑柱上被燒死。

《性爆炸》

1. 麥克魯漢（Marshall McLuhan, 1911－1980），加拿大思想家。
2. 《聖經》中所指的罪惡淵藪。

《小隊元首路易十六》

1. 卡爾梅（Karl May, 1842－1912），德國旅行與探險故事作家，筆下的印地安探險故事，獲得廣大讀者喜愛。
2. 指位於多瑙河畔的毛特豪森（Mauthausen）集中營，這是德國納粹政權在國境外建立的第一座集中營，也是最令人恐懼的集中營之一。
3. 日耳曼帝國的戰士名稱。

《逆默示錄》

1. 出自《聖經‧舊約》的《但以理書》第五章，原文意指「（你的在位年限）屈指可數了，勢力不足，（國家）分而治之。」
2. 此處典故出自希臘神話，大英雄赫拉克勒斯一舉將三十年積穢的牛棚沖洗乾淨。

《白癡》

1. 徹里尼（Benvenuto Cellini, 1500－1571），義大利雕塑家、金飾匠、作家。
2. 莫拉維亞（Alberto Moravia , 1907－1990），義大利作家。
3. 指拉桑洛‧斯帕蘭紮尼（Lazzaro Spallanzani, 1729－1799），義大利生理學家。

《請你來寫》

1. 原指天主教會中由司鐸著黑色禮服主持的安靈彌撒，後多指拜撒旦派模仿正式彌撒而舉行的瀆神誨淫鬧劇。

《綺色佳的奧德賽》

1. 基督教故事中，希羅他底在西元前三五六年毀了亞底米女神廟。
2. 杜思妥也夫斯基小說中的人物。
3. 指匈牙利數學家鮑耶（Janos Bolyai, 1802－1860），德國數學家黎曼（Georg Friedrich Bernhard Riemann, 1826－1866）與俄國數學家羅巴切夫斯基（Nikolai Loachevsky, 1792－1856）提出的非歐幾里德幾何。
4. 希臘語「找到了」，相傳是阿基米德獲得重要發現時說的話。

《你》

1. 米歇爾‧雷里斯（Michel Leiris, 1901－1990），法國人類學家、詩人與作家。

《幸福人生有限公司》

1. 阿拉伯帝國時代的一位哈里發，熱愛詩歌、音樂，素有驕奢淫逸的國王形象。
2. 羅馬帝國時期的著名諷刺作家。
3. 基督教中的恐怖大王。

《文明算作錯誤》

1. 費希特（Johann Gottlieb Fichte, 1762－1814），德國哲學家。

《無濟於事》

1. 諾伯特‧維納（Norbert Wiener, 1894－1964），美國數學家、控制論先驅。
2. 腓尼基人的主神。
3. 貝克萊主教（Bishop Berkley, 1685－1753），英國唯心主義哲學家。
4. 哥德爾（Kurt Gödel, 1906－1978），美國數理邏輯學家。
5. 巴斯卡（Pascal, 1623－1662），法國數學家、哲學家，機率論創立者之一。
6. 希伯來語中對耶和華的委婉稱謂。

《宇宙創始新論》

1. 金斯（James Hopwood Jeans, 1877－1946），英國科學家。

2. 愛丁頓（Arthur Stanley Eddington, 1882－1944），英國科學家。

3. 指中庸之道。

4. 指一九六〇年無線電天文學家德雷克（Frank Drake）針對尋找外星文明進行的研究。

5. 塞巴斯蒂安・馮・赫爾納（Sebastian von Hoerner, 1919－2003），德國天文學家、無線電工程專家。

6. 古代腓尼基人所信奉的火神。

7. 阿基里斯（Achilles），希臘神話裡的英雄，出生時被母親握著腳踵在冥河中浸洗，除了腳踵外，渾身刀槍不入。

8. 海森堡（Werner Heisenberg, 1901－1976），德國物理學家，量子力學創始人。

Original title: A PERFECT VACCUM by Stanislaw Lem

©1971 Stanislaw Lem

Complex Chinese translation copyright ©2006 by Borderland Books

Complex Chinese language edition arranged with the author, through Jia-xi books Co., Ltd.

本書繁體版版經譯本著作權人及原出版社商務印書館授權在台灣地區出版發行

All rights reserved.

完美的真空

作者	史坦尼斯勞‧萊姆（Stanislaw Lem）
譯者	王之光
美術設計	王政弘、王小美
插圖	鄒永珊
顧問	蘇拾平
責任編輯	張貝雯
編輯協力	鄭俊平
行銷企畫	郭其彬、夏瑩芳、陳玫潾
發行人	涂玉雲
出　版	邊城出版　城邦文化事業股份有限公司
	台北市信義路二段213號11樓
	電話：（02）2356-0933　傳真：（02）2356-0914
發　行	英屬蓋曼群島商家庭傳媒股份有限公司城邦分公司
	台北市中山區民生東路二段141號2樓
	讀者服務專線：0800-020-299　24小時傳真服務：02-2517-0999
	讀者服務信箱　E-mail：cs@cite.com.tw
	劃撥帳號：19833503
	戶名：英屬蓋曼群島商家庭傳媒股份有限公司城邦分公司
香港發行所	城邦（香港）出版集團
	香港灣仔軒尼詩道235號3樓
	電話：852-2508-6231　傳真：852-2578-9337
馬新發行所	城邦（馬新）出版集團
	Cite（M）Sdn.Bhd.（458372U）
	11, Jalan 30D/146, Desa Tasik, Sungai Besi,
	57000 Kuala Lumpur, Malaysia
	電話：（603）90563833　傳真：（603）90562833

初版一刷　2006年1月25日

版權所有‧翻印必究（Printed in Taiwan）

ISBN　986-81379-5-0

定價：300

國家圖書館出版品預行編目資料

完美的真空／史坦尼斯勞·萊姆（Stanislaw Lem）著；
王之光譯，--初版，--台北市：邊城出版 ； 家庭傳媒
城邦分公司發行，2006〔民95〕

面 ； 公分
譯自 ： A Perfect Vaccum

ISBN 986-81379-5-0（平裝）

882.157   94020410